Le strade
429

I edizione: febbraio 2020
© 2020 Fazi Editore srl
Via Isonzo 42, Roma
Tutti i diritti riservati

ISBN: 978-88-9325-735-0

www.fazieditore.it

Sandro Frizziero

Sommersione

Fazi Editore

A papà

Lei s'inganna, amico. Il battello fila a buona andatura. Ma lo Zuyderzee è un mare morto, o quasi. Con le sue rive piatte, sperdute nella nebbia, non si sa dove cominci né dove finisca. Quindi procediamo senza riferimenti, non possiamo calcolare la nostra velocità. Andiamo avanti e nulla cambia.

Non è un navigare, è un sogno.

A. CAMUS, *La caduta*

PARTE PRIMA

All'improvviso la punta della canna si muove per gli inconfondibili strattoni dell'orata. Un pescatore esperto come te non ha dubbi. Con i tuoi occhi strabici e freddi come quelli di un rettile, con i tuoi occhi che non sono altro che biglie di vetro spente dagli anni e dal glaucoma, osservi il cimino sussultare ancora per qualche attimo; poi ti alzi di scatto con la misteriosa agilità dei vecchi, butti la Merit che reggi tra il pollice e l'indice, afferri la canna e inizi a recuperare la lenza con decisione. L'impugnatura vibra al disperato tentativo dell'orata di sfuggire alla sua fine.

I pesci fanno meno pena degli altri animali quando muoiono, questa è la verità. Non urlano, non piangono, non si lamentano, i pesci. Non sono come i polli che continuano a muoversi anche se gli si taglia la testa. Non sono come gli uomini che sul letto di morte non possono fare a meno di impietosire parenti e infermieri elencando i loro dolori e i loro rimpianti. I pesci lasciano questo mondo, che per loro ha le caratteristiche di un infinito acquario, in maniera nobile, senza dare fastidio a nessuno. Boccheggiano, tremano e muoiono tutti allo stesso modo.

Hai solcato il mare per tutta la vita. Da giovane, ti eri

imbarcato su una nave che smaltiva gli scarti di lavorazione delle industrie della Terraferma. Avevi contribuito, così, ad arricchire l'acqua marina di fluoro, arsenico, mercurio e cromo, nel pieno rispetto delle normative dell'epoca, s'intende. Allora tutto il mare intorno all'imbarcazione diventava rosso come durante una mattanza. Solo più tardi, quando già cominciavi a soffrire di inspiegabili e allucinatori mal di testa, avevi deciso di impiegarti nella pesça. A bordo dell'*Audace*, il più bello e il più grande peschereccio dell'Isola, gettavi le reti nello stesso tratto di mare che avevi avvelenato poco tempo prima.

Certo, i frutti inquinati delle tue fatiche non tolgono nulla alla grandiosità del mestiere di pescatore. Sarà forse per il loro particolare rapporto con il mare, da sempre fonte di misteri e avventure, oltre che di traffici illeciti e osceni contrabbandi; sarà per la loro faccia, che, modellata, anzi, per meglio dire, corrosa dal salso e dal sole, è attraversata da profondissimi canyon; sarà per le loro mani piene di ferite provocate dalle reti o dalle pinne dei pesci, o forse per la loro indubbia fama letteraria, ma i pescatori, tutti i pescatori, sono in fondo eroi da poema, niente di meno.

Per questo, non sarebbe sbagliato considerare Ulisse un pescatore oltre che il re di Itaca, o immaginare che gli antichi navigatori, ancor prima di dispiegare le vele, sfidassero il mare con la lenza. Perfino Gesù Cristo aveva affidato la diffusione del Verbo a uno di loro, ottenendo, a conti fatti, dei buoni risultati.

Il pesce emerge dall'acqua del mattino color piombo, tanto palpitante di vita che pare un cuore. È un'orata piccolina di due etti, forse poco più. La afferri con uno straccio a fiori e la stringi. La bocca dell'animale si dilata, si apre e si chiude quasi volesse urlare e le mancasse il fiato. Non ha sentimenti il pesce ma, anche se li avesse, li perderebbe una volta trascinato nella dimensione aerea degli uomini, quando cambia mondo, insomma, come succede all'uomo stesso quando va in cielo, spesso senza il tempo di spiegarsi, di preparare le valigie, di dettare testamento e salutare gli amici.

Liberi il pesce dall'amo che ha ingoiato quasi completamente. Un po' del suo sangue ti cola sulle braccia grinzose, tra i peli, ti sporca le dita coperte di scaglie di sardina. Chissà quante volte hai fatto questo gesto senza pensarci. Non urlano, non piangono, non si lamentano i pesci, lo sai bene. Ora, però, scorgi negli occhi dilatati dell'animale qualcosa di diverso, quasi che il dolore che produci diventasse visibile. Il pesce inizia a gemere, lo senti distintamente, in modo castigato, sommesso, terribile; ti chiede la ragione di tanta crudeltà.

Ecco, se tu avessi le parole, ma con le parole non sei mai stato bravo, spiegheresti all'orata che il mondo va così, che la sofferenza è distribuita equamente in tutte le specie viventi, anche se non in tutti gli individui, a essere onesti, e che è inutile cercare la ragione di questo dato di fatto.

Meglio accettare le cose come stanno, mettersela via come aveva fatto tua moglie, la Cinzia, che del suo dolore non aveva mai chiesto spiegazioni a nessuno e che, anzi, secondo te, ci aveva perfino preso gusto a essere infelice.

Mentre la felicità è una compagna infingarda, sempre propensa all'inganno, che certo fa star bene in un primo momento, ma come può farlo anche la peggior droga o la meno esperta delle puttane – non è, quindi, per niente affidabile, non è adatta a metter su famiglia –, l'infelicità, invece, non rinnega e non respinge nessuno; un infelice non è solo neppure quando cammina o scherza, nemmeno quando scopa o caga, perché l'infelicità gli resta accanto in ogni momento. Poco vale far finta di nulla, cercare di scacciarla o dimenticarla: prima o poi, in mancanza di altro, l'infelice si affiderà ancora al suo braccio, così come aveva fatto la Cinzia, che della felicità aveva sempre diffidato, mentre sull'infelicità aveva riposto immediatamente la più grande fiducia. È calda, morbida, accogliente, l'infelicità. Una volta sperimentata, non si riesce più a farne a meno.

Insomma, così come aveva fatto la Cinzia, tutti dovrebbero comprendere fino in fondo che la vita è sofferenza e che si è contenti solo in attimi di stordimento che passano alla prima disgrazia, perché si vive, questo sì, per prendersela nel culo, fin dal primo giorno.

E aggiungeresti, se fossi in grado di usar bene le parole, che se i pesci non fossero in qualche modo destinati a finire nei forni o sulle graticole degli uomini, il creatore, che tra l'altro per te non esiste, nella sua infinita munificenza, non li avrebbe mai pensati così buoni e non avrebbe mai permesso agli uomini di catturarli, anche se, in tutta sincerità, non sai quanto questo argomento potrebbe consolare l'orata che hai appena pescato.

Vecchi come te raccontano che sull'Isola, tanto tempo fa, uomini e pesci vivevano in armonia. Sembra, infatti, che i primi a mettere piede in questa terra desolata, essendo privi di qualsivoglia mezzo di sostentamento, avessero invocato l'aiuto di dio, il quale, ben lieto di dare un ulteriore saggio del suo innato e indiscusso estro, aveva creato i pesci e tutte le altre creature acquatiche commestibili.

In un primo tempo, questi animali saltavano a bordo dei battelli dei pescatori, si spiaggiavano volontariamente, cercavano con ansia le reti per impigliarvisi, un po' come era avvenuto nel Mar di Galilea in occasione della famosa pesca miracolosa. Bastava dunque calare un secchio in laguna per ripescarlo pieno di cozze; un bambino sulla battigia poteva aguantare a mani nude fino a una ventina di sogliole e le donne, sporgendosi appena un poco dalla riva, erano capaci di raccogliere chili di seppie soltanto tendendo un lenzuolo.

Con il passare dei secoli e delle generazioni, per cause ancora ignote, i pesci cominciarono però a non voler più essere il mero banchetto degli uomini. Impararono ad appiattirsi sul fondale, a mimetizzarsi nel fango, a riconoscere le trappole più evidenti, così che sull'Isola, come altrove, cominciarono ad affermarsi sistemi di pesca sempre nuovi, al passo con le abilità di pesci, molluschi e crostacei.

Del resto, ancora oggi, nonostante la sublime poesia della pesca con il cormorano, l'efficacia dello strascico e l'inesorabilità delle turbosoffianti, branzini, vongole, triglie e cappelunghe reagiscono ai tentativi di cattura ributtando a riva, soprattutto nei giorni di mare grosso, galleggianti e reti, quasi a voler ricordare che la vittoria dell'uomo sul mare è del tutto provvisoria.

Afferri il pesce e, con un piccolo coltello, gli strappi il cuore, il fegato, le branchie, mentre palpita ancora. Tua figlia, la Simonetta, da piccola non voleva mai venire a pescare con te perché le sembravi un assassino. Anche quando cucinavi le canocchie o i granchi buttandoli vivi nell'acqua bollente, si voltava dall'altra parte per non assistere a quella tortura. La Simonetta non ha mai avuto il mare nel cuore e per questo se n'è andata dall'Isola appena ha potuto. Tu, invece, amavi pescare con tuo padre, seguire i movimenti lenti del suo braccio quando calava la lenza per le seppioline. Con gli occhi, gli hai rubato il mestiere. Sei stato un bravo figlio tu, non come la Simonetta.

Il respiro dell'orata è spento. La butti nella borsa frigo, che è una piccola fossa comune dentro la quale altri due piccoli pesci sono già stecchiti di freddo. Ti risiedi sui massi della diga e innesti sull'amo un'altra sardina.

Durante il fermo pesca, quando per decreto i pescherecci devono rimanere ormeggiati in silenzio alle rive, per le orate vanno bene i vermi duri o i *bibi* che si inturgidiscono appena li si tocca, le cappelunghe o le cozze. I vermi costano caro, cinque euro a scatola o anche di più, perché i soldi veri li fanno i vermari, questa è la verità; vermari che, sebbene lavorino chinati nella melma e meritino per questo il rispetto più profondo, dopotutto guadagnano vendendo la creatura più infima dell'universo, che nessuno, tranne un pescatore, si sognerebbe di comprare.

Quando invece la pesca riprende, bisogna usare le sardine, te lo diceva sempre tuo padre. Le orate si sono abituate a mangiare quelle buttate in mare dai pescherecci in transito e non ne vogliono sapere di assaggiare altro; di questo davvero non si può fargliene una colpa. Così, ti sei preparato un bel vaso di sardine sotto sale, che più puzzano, più attirano i pesci.

Sputi sui massi e scruti di fronte a te il canale del porto. Passi in rassegna tutte le imbarcazioni che transitano: i barchini dei vecchi pescatori, così sottili che sembrano potersi incastrare fra le onde, penetrarle quasi a cucirle come aghi; i cabinati attrezzati per la pesca d'altura, bianchi e potenti, che solo i ricconi della Terraferma possono permettersi; i topi di legno, sporchi e singhiozzanti, e poi ancora i burci per i lavori marittimi, i tanti pescherecci simili a quello in cui hai lavorato tu, le chiatte, i rimorchiatori, le gasiere che quotidianamente raggiungono l'Isola, i mercantili imbottiti di container. E di ogni nave conosci la funzione, la meta, l'anno del varo, il tonnellaggio e forse anche il destino ultimo di ogni singolo membro del suo equipaggio, turco o moldavo, ucraino o greco. È evidente che questa conoscenza ti pesa e che preferiresti invece non sapere nulla, guardare le cose attorno a te come fossero macchie di colore, così, per stare un po' meglio.

La tua testa oscilla lentamente, finché non cade di lato. Il sonno dell'anima dà ragione alla pesca mattutina, all'intero pianeta inconsistente. Ti ridesti. Il vento porta al tuo orecchio un rumore cupo, come di qualcosa che sbatte contro i massi della diga. Provi a ignorarlo, a fare altrimenti, ma il rumore è sempre più insistente e definito.

Tutto pian piano si concentra su quel rumore: il vento, il vociare degli abitanti del villaggio; e poi ancora il battito del tuo cuore, lo sbattere delle tue palpebre, lo strisciare discreto del paguro, lo stringere delle chele del granchio. È insopportabile il rumore totale della vita.

Ti alzi per scoprirne la fonte e vedi, poco più in là, una piccola barca da pesca, di quelle in legno dipinte di rosso e blu. Ci guardi dentro: reti aggrovigliate, una tanica mezza piena di benzina, segnali da pesca, una cerata gialla. La barca è qui per un ormeggio fatto male, per la rottura delle cime causata dalle forti correnti, oppure per un incidente, chissà. Sono tristi le barche che scivolano sul mare senza una meta, senza nessuno che le guidi.

La tua canna si piega ancora; non per gli strattoni di un pesce, lo capisci subito, ma per qualcosa di più pesante e meno agile. Afferri con decisione l'impugnatura e inizi a girare il mulinello finché dall'acqua non emerge una tartaruga verde intrappolata in una retina di plastica di quelle che si usano per confezionare le vongole.

Senza troppe cerimonie, porti a terra l'animale che boccheggia e si agita. È una tartaruga grande sì e no come un piatto da portata. Niente di speciale, ne hai viste tante in mare. Stacchi l'amo dalla retina in cui si è impigliato, poi prendi la tartaruga e la butti tra i massi. Il suo carapace si crepa a contatto con le pietre aguzze, producendo un rumore secco, simile a quello della barca vuota che sbatte sulla diga. L'animale rimane tramortito a pancia all'aria, continua ad agitarsi ancora fasciato dalla plastica. La vista del suo supplizio ti dà fastidio: gli dai un calcio e lo fai cadere di nuovo in acqua.

Oggi i pesci non abboccheranno più, è chiaro. La marea sta cambiando, come il vento, la luce, la temperatura. Senti, precisa e inesorabile, la sirena del porto. Una sirena dal suono simile a quello di un profondo e tetro didgeridoo che sembra richiamare le anime alla valle di Giosafat, e che in realtà avvisa gli isolani che tra poco l'acqua del mare, così come avviene ogni giorno da qualche anno, ricoprirà gran parte delle terre emerse. L'intera diga scomparirà, come anche il faro e la spiaggia, il lungomare e gli orti. È singolare il destino degli uomini che uccidono i pesci tirandoli fuori dall'acqua e poi vengono a loro volta sommersi.

Dai uno sguardo alle piccole orate nella borsa frigo. Troppo piccole per venderle ai ristoranti della Terraferma, a quei ladri patentati disposti a pagartele solo sette euro al chilo quando al mercato del pesce costano più del doppio. Le avresti mangiate per pranzo o gettate ai gatti, ai pesci serra, ai gabbiani che, tra l'altro, sono in grado di afferrarle al volo dando vita a coreografie davvero sorprendenti.

Chiudi la canna, metti via le esche. L'aria fredda del mattino comincia a scaldarsi con l'arrivo delle acque. Nel pomeriggio si raggiungeranno i trenta gradi dell'estate e sarai costretto a rimanere a casa per poi trasferirti alla Taverna. Si tratta soltanto di uno degli effetti più evidenti dei cambiamenti climatici che hanno reso l'Isola ancora più inospitale, segno incontrovertibile che la natura matrigna perseguita i suoi abitanti e li condanna dalla nascita a indicibili sofferenze.

Qualche anno fa, qui come altrove, non si parlava affatto di ambiente, né tantomeno di scioglimento dei ghiacci. Erano discorsi, questi, da boy-scout o da radical chic; per dire, sull'Isola ci si preoccupava molto di più dello scioglimento dei cubetti nello spritz che toglieva robustezza al Campari.

Tu non credevi ai cambiamenti climatici, come non ci credeva il tuo dottore, non ci credevano il macellaio e il tabaccaio; neppure tua figlia, la Simonetta, ci credeva, nonostante la sua spiccata sensibilità e la sua fama di ambientalista, e neanche la Cinzia, tua moglie, sembrava darci molto peso.

Lei, in ogni caso, non avrebbe mai espresso la sua opinione su un argomento così delicato, pace all'anima sua; sapeva bene, la Cinzia, di non farcela proprio a capire certe cose. Dopotutto, lei non aveva mai messo il naso fuori dall'Isola, che poteva saperne del mondo! Per questo le ricordavi a ogni occasione quanto fosse ignorante, ignorante come la merda, le dicevi, e quanto fosse stata fortunata, anzi fortunatissima, a trovare uno come te, che comunque di cose ne sapeva un sacco anche senza scuola, uno che aveva navigato e conosceva la fatica, perché la fatica, per conoscerla, bisogna viverla, mica basta raccontarla, come crede qualcuno.

Era meglio che la Cinzia se ne restasse muta, insomma, non come i tuoi compagni di bevute che, ancora oggi, non perdono occasione di pontificare sul pontificabile assieme, questo è ovvio, a don Antonio che, in quanto ministro di dio, ricorda ben volentieri agli uomini la loro finitudine, la loro naturale propensione all'abisso. *Sic transit gloria mundi*, sospira ogni tanto il prete, come se le pecore del suo infelicissimo gregge, perdute in questo coriandolo di mondo, potessero aspirare anche solo a un briciolo di grandezza.

La Cinzia, tua moglie, che era stata davvero una santa donna, a cui mancavano, per una probabile negligenza dell'altissimo, solo le stigmate, se ora fosse viva, invece, presterebbe grande attenzione alle sue omelie. In ginocchio, prima di dormire, pregherebbe dio di non far riscaldare troppo il Polo, di regolare meglio il termostato, in definitiva, così che il ghiaccio possa tenere duro e il mare risparmiare la vostra casa e il vostro piccolo magazzino.

Oggi lo sanno tutti che il processo di innalzamento delle acque è irreversibile nonostante gli scongiuri e le preghiere, e che le blande contromisure governative sono arrivate fuori tempo massimo, dimostrando ancora una volta la validità universale della storiella della rana che, gettata in una pentola, invece di saltare fuori subito e salvarsi, si gode il tepore prima di finire bollita.

L'Isola intera è destinata a essere sommersa senza troppe cerimonie, come una vecchia stanca che muore senza disturbare figli e nipoti. E se questo non bastasse, pure la subsidenza la condanna allo sprofondamento, accelerato peraltro dalle piattaforme che al largo delle sue coste succhiano gas dal sottosuolo.

Non c'è futuro sull'Isola che, a ben vedere, altro non è che una cicatrice del mare, un postaccio, insomma, dove non cresce nulla se non i platani piantati dal comune e le ostinatissime tamerici che ancora si aggrappano alla sabbia della spiaggia.

L'Isola ha forma allungata, non ha centro né periferia. Si sviluppa per una decina di chilometri in lunghezza, ma solo per qualche centinaio di metri in larghezza. Viste dall'alto, le terre emerse assumono l'aspetto d'un elastico teso che pare sempre sul punto di spezzarsi.

Pianeggiante e uniforme, l'Isola è il risultato di naturali e progressive sedimentazioni o del volere d'un estroso demiurgo interessato a separare il mare dalla laguna, vale a dire l'acqua viva e irrequieta del mare, dall'acqua ferma e stagnante della laguna; a creare dunque una barriera per pesci e navi, per alghe e boe, interrotta appena dalle bocche di porto. E l'acqua del mare che penetra nella laguna, con il suo instancabile lavorio, disegna gli arabeschi dei canali, plasma minuscoli bacini, lagune sussidiarie, barene semisommerse.

L'Isola, come sanno bene i suoi abitanti, resiste come ultimo baluardo dell'umanità, stretta tra la palude e il mare in un abbraccio mortale e, allo stesso tempo, seducente, al quale non può sfuggire.

L'Isola è collegata alla Terraferma da un efficientissimo servizio di battelli. Una corsa ogni mezz'ora, ogni giorno dell'anno, Natale e Capodanno compresi, sebbene sia davvero difficile immaginare perché qualcuno dovrebbe volerla raggiungere a Natale o a Capodanno. Solo durante la notte il servizio è sospeso.

Nonostante ciò, tu non puoi lasciare l'Isola, lo sai bene. È il prezzo da pagare per il male che hai fatto. Questa sottile striscia di terra che emerge a malapena dalle acque per te è un penitenziario, un carcere di massima sicurezza da cui nemmeno Edmond Dantès sarebbe stato in grado di evadere, una prigione diffusa dove le case del villaggio sono celle sorvegliate senza sosta da vedette appostate dietro a cartelloni pubblicitari e a cassonetti dell'immondizia; gattabuie al cui interno condannati come te subiscono ogni giorno interrogatori e intimidazioni.

Tu di questo carcere conosci praticamente ogni segreto: la disposizione ramificata delle celle, l'occupazione dei vari detenuti, i turni delle guardie, i percorsi dei pattugliamenti. Proprio per questo sai che la fuga è impossibile.

Con la borsa frigo in una mano e la canna nell'altra, cammini sulla diga, che poi è l'estremo confine dell'Isola. Da qui puoi vedere il profilo incerto delle sue coste e quello scuro dell'ex colonia gestita un tempo dalle Figlie della Carità, dette comunemente canossiane, divenuta prima un centro elioterapico per i bambini di Černobyl' e poi sede della setta millenarista degli Angeli, i cui adepti attendono l'imminente fine del mondo. Del resto, gli stessi isolani sono certi che entro breve tempo un diluvio universale colpirà l'Isola; se così non fosse, non si comprenderebbe la loro eccentrica abitudine di posizionare, in uno stato di apparente abbandono, piccole imbarcazioni lungo il ciglio delle strade o all'interno di ombrosi cortiletti.

Oltre l'ex colonia, si staglia la sagoma massiccia del forte costruito nel Medioevo per proteggere l'Isola, allora centro del commercio del sale, da improbabili incursioni piratesche; forte dal quale, ne sei sicuro, qualcuno scruta il mare per scongiurare possibili evasioni. Scommetti che anziani artiglieri ancora si aggirano tra i suoi bastioni, pronti a usare le loro bombarde polverose contro chiunque tenti di allontanarsi.

Poi, ancora più lontano, c'è il sarcofago coperto d'erba stinta del deposito di novemila metri cubi di gas propano liquido (combustibile non molto inquinante, è vero, ma infiammabilissimo), che si decise di costruire sull'Isola quando ancora non era quotidianamente allagata dalle maree e si riteneva fosse un ottimo punto di arrivo per le navi gasiere.

Nel mezzo, la schiera variopinta delle casette del villaggio, molte delle quali sono ormai vuote visto il calo demografico provocato dalle inondazioni e dall'inevitabile paludismo, sulle quali svetta il campanile candido della chiesa della Madonna dell'Apparizione e il palazzone dell'ospedale psichiatrico voluto dalla curia per rinchiudervi le suore e i preti dementi di mezza regione.

Se si esclude la costruzione del deposito di gas e i nuovi lampioni voluti dal sindaco, sull'Isola non è cambiato nulla rispetto a quando eri giovane. I vecchi della Terraferma possono dire, a ragione, che da loro è cambiato tutto, che non riconoscono più il paesaggio che li circonda, che nel luogo dove oggi sorgono grigi condomini e altrettanto brutti cavalcavia, un tempo c'erano campi circondati da boschetti e piccole strade di campagna. Possono sospirare, i vecchi della Terraferma, davanti a un parcheggio multipiano che seppellisce per sempre anche solo l'immagine offuscata di un casone agricolo o davanti a una piccola collinetta che cela una casamatta abbandonata dopo la guerra.

Tu stesso, scrutando dall'Isola il profilo incerto della Terraferma nelle giornate limpide, hai assistito al lontano moltiplicarsi dei comignoli delle industrie, alla posa di maestosi elettrodotti, all'innalzarsi delle prime torri; ma bastava tornassi a volgere il tuo sguardo al villaggio per renderti conto che sull'Isola non sarebbe arrivato nulla di nuovo.

Tu e gli altri vecchi dell'Isola non vi accorgete di alcuna differenza confrontando i vostri ricordi e ciò che vedete ogni giorno. Sull'Isola non esiste nostalgia per il paesaggio. Tutto è rimasto così com'era da tempo immemore, quasi che le piccole case alte e strette fossero anch'esse opera della natura, pochi metri quadrati generosamente messi a disposizione dal creatore perché famiglie numerose si azzuffassero e poi si stringessero ogni giorno attorno al fuoco per condividere povertà e miseria.

Gli abitanti dell'Isola, pur soffrendo la mancanza di servizi pubblici e il crollo del valore degli immobili, sono particolarmente fieri del loro isolamento e ciò non può non derivare dall'indole schiva, per non dire timorosa, dei primi che vi sono giunti, attratti proprio dal carattere impervio e inaccessibile di questi luoghi.

Esiste una fierezza nell'emarginazione e una gioia nell'esclusione. A parere di tutti gli isolani, il mondo fuori dall'Isola non è così migliore del mondo in cui vivono loro. L'Isola, per quanto cupa e malmostosa, soprattutto nei giorni di nebbia, per loro è sempre meno cupa e malmostosa di alcune periferie della Terraferma di cui si vocifera l'esistenza. E la sensazione di perenne precarietà che solo chi vive in una minuscola porzione di terra appena emergente dal mare può provare, in fin dei conti, è nulla rispetto alla sensazione di precarietà di chi vive tra il cemento delle città a un passo dai centri commerciali e dalle fabbriche a rischio chiusura.

Solo sull'Isola, poi, le donne sono davvero donne e gli uomini davvero uomini; solo qui si conosce che cosa siano il lavoro e la fatica che, in fin dei conti, sono pur sempre più accettabili del lavoro e della fatica della Terraferma. Perfino i criminali, che sull'Isola non mancano, sono bonari padri di famiglia che sbarcano il lunario come possono, non come quelli della Terraferma che sono criminali diversi, più temibili, che arrivano da lontano e non sanno delinquere con il dovuto rispetto per la povera gente.

Il professor Corradino Mezzoponte che ormai vegeta nella minuscola biblioteca civica del villaggio, di cui è diventato quasi un complemento d'arredo – un po' come il busto di Marino Faliero, il doge traditore, davanti il quale spesso si siede –, racconta volentieri al viandante le storie dell'Isola e della Terraferma.

Racconta, per esempio, delle malariche paludi dell'entroterra, delle sanguinose invasioni dei barbari seguite alla caduta dell'Impero, del coraggio di chi si mise a bordo di zattere improvvisate con pochi stracci e qualche animale, cercando di raggiungere quella che da terra appariva soltanto come una macchia scura appena sopra all'orizzonte, proprio per sfuggire dalle insidie e dalle minacce della Terraferma.

Di quei prodi, siete rimasti tu, qualche altro vecchio dimenticato dalla badante davanti alla televisione e un gruppo di famiglie ben determinate nello sfruttare l'assistenzialismo statale per sopravvivere in condizione di nullafacenza.

E il professor Mezzoponte racconta altrettanto volentieri di quando, in un tempo molto lontano, forse perfino troppo per essere ricordato, l'Isola fu assai popolosa. I peggiori criminali della Terraferma che vi furono forzosamente trasferiti per decreto dogale cominciarono quasi subito, infatti, a riprodursi tra loro come conigli, colti da un'irrefrenabile foia che finì per coinvolgere perfino figlie e padri, madri e cugini.

Quando le case del villaggio cominciarono a scoppiare di abitanti e il cibo dei campi e del mare non fu più sufficiente, venne deciso che il numero dei nati e quello dei morti dovessero bilanciarsi ogni anno.

Era spesso qualche anziano, malato e solo, a offrirsi nel caso fosse necessario eliminare qualcuno, ma non mancarono anni in cui si fece ricorso a una terribile lotteria. C'è chi ha messo in relazione questa abitudine salvifica e amica dell'ambiente con il cannibalismo che, con molta probabilità, un tempo fu praticato sull'Isola.

Raggiungi la tua bicicletta, sali in sella e avanzi sbilenco con la pedalata dell'ubriaco. Rivolgi un'occhiata distratta alla spiaggia che si allunga alla tua sinistra, come trattenuta dalla diga. A quest'ora è praticamente deserta. Le montagne di sacchetti di plastica, le retine per le vongole, i pezzi di legno spezzati dal mare, i secchielli, gli ammassi di conchiglie sembrano solidali con te. Ognuna di queste cose ha perso il suo scopo e giace inerme, insensata. Senti solo il rumore delle onde che si disfano a contatto con la battigia.

Al mattino, la spiaggia è un posto per fuggiaschi e amanti, per peccatori e poeti in pensione. Soprattutto questi ultimi possono godere di questo luogo umido e salmastro. Ai loro occhi esperti, l'intera battigia appare totalmente scritta, coperta di geroglifici oscuri, ma non indecifrabili; una sorta di braille dai caratteri mutevoli fatti di conchiglie spezzate e rami contorti, di segnali da pesca e cassette di polistirolo. La spiaggia si può leggere, dunque, ma da una mongolfiera o da un aliante che permetta di abbracciarla interamente dall'alto con lo sguardo. Un linguaggio scritto da una mano non umana, del tutto unico nel suo genere, con cui il mare racconta, in prima persona, i suoi segreti osceni, le sue battaglie, la sua dolcezza, come se la terra fosse il suo diario o il suo confessore.

Le lettere di questo palinsesto universale, com'è logico, cambiano con le maree e con gli sguardi dei diversi interpreti. Così, dove uno crede di aver letto una fanciullesca promessa d'amore, mentre passeggia mano nella mano con la donna che vorrebbe sposare, un altro si dice sicuro che vi siano impressi i più truci propositi di vendetta.

Sulla battigia si può dialogare con granchi burberi, vongole sibilline, prolissi paguri, verbosi gabbiani, ottenendo, tuttavia, oracoli di serie B, verità un po' banali, da discount, da tre per due. Non c'è nulla di prezioso in questo luogo. E, in fondo, lo sa anche l'uomo che da dieci anni, ogni mattina, attraversa la battigia col suo metal detector in cerca di un tesoro inesistente.

Incroci sulla strada un gruppo di ragazzini palesemente annoiati perché sull'Isola, è bene saperlo, non esistono la connessione veloce e nemmeno una sala giochi degna di questo nome. Uno di loro, con uno schiaffetto, ti fa volare via il cappello. I ragazzi ridono, ridono di te con la bocca aperta e poi corrono via. Tu bestemmi, li maledici con una voce inumana che ha qualcosa del grugnito del cinghiale.

Un tempo li avresti inseguiti, attaccati a un muro e riempiti di pugni, quei disgraziati usciti dal culo delle loro madri, così come facevi sempre quando c'era l'occasione di alzare le mani e anche quando non c'era, a dire il vero. Il contrappasso non poteva essere più crudele. Ora sei costretto a subire tutto e a difenderti solo con innocui borbottii di vecchio e altrettanto vane, per quanto terribili, minacce.

Ti avvicini al villaggio. Le piccole casupole che lo compongono possono dire molto sul carattere di chi le abita o le ha abitate, così come può fare un guscio sul mollusco che contiene. Alcune sono schive, solitarie, smorte e per questo è lecito ipotizzare che dentro vi si muova a fatica un anziano mezzo cieco, un indovino fallito, o un amante disperato; altre, invece, con porte e finestre spalancate, danno riparo a ladri o contrabbandieri sempre pronti a darsi alla macchia, a latitare per anni per poi ricomparire seduti al tavolo della Taverna.

Nel villaggio è giorno di mercato, tuttavia, dopo il suono della sirena che impone a tutti il coprifuoco, anche i commercianti più intraprendenti, cinesi, bengalesi o polesani che siano, stanno sgomberando le bancarelle riponendo con ordine calzini e mutande negli scatoloni.

Scendi dalla bici e procedi a piedi, mescolandoti tra la folla di vecchi, badanti e ragazzini scioperati. Non hai mai sopportato la gente che, famelica, si aggira tra la mercanzia, non tanto per una tua innata critica al capitalismo globale, percolato sull'Isola in forma a dire il vero piuttosto blanda, ma piuttosto per la tua cronica mancanza di fede.

Non credi più a niente, è questo il problema. Non credi a dio e ai poteri emollienti dell'aloe, non credi alla scienza e ai saldi di fine stagione, non credi alla vita oltremondana e ai vantaggi della plastica biodegradabile. Non credi all'affetto di figli e cani, alla bontà di torte e suore, alla raccolta dei Veda e a quella dei punti, al catechismo e all'onanismo, alla democrazia e al commercio, al biologico e alla logica. E dunque ti senti spaesato, completamente perso tra venditori di crocchette di patate e di tappeti persiani, tra questa minestra di storie clandestine, stanche rivincite, ignorate ripicche.

Ti senti mancare il fiato quando il tuo sguardo, sempre vagamente indagatore, incrocia quello delle madri che, con la stessa noncuranza, trascinano figli e carrelli della spesa, quello dei vecchi zoppicanti che bestemmiano ritmicamente fino a comporre un rap sacrilego, o quello del matto del paese che se ne va in giro ripetendo come un mantra che lo stato è fallito.

Passi in pescheria. Appena ti vede, senza che tu glieli chieda, il Lucio ti incarta sei *barboni*, di quelli così piccoli che non si riescono a vendere. I *barboni* erano il piatto preferito della Simonetta, tua figlia. Quando c'era lei, li portavi spesso a casa, quelli belli grossi, freschissimi, li arrostivi con la polenta che piaceva tanto anche alla Cinzia. Eri fiero di come tua figlia pulisse il pesce, tutta suo papà, dicevi.

Svolti in Calle del Forno, una calle buia sormontata da un arco, e arrivi a casa tua. Qui sei nato più di ottant'anni fa, un tempo considerevole, certo, ma che, a ben vedere, non è nulla rispetto alla durata dell'universo. Una casa stretta e alta che pare un missile, incastonata tra un laboratorio sartoriale abusivo gestito da cinesi e il Milan club, un magazzino trasformatosi nel naturale ricettacolo di mariti cacciati di casa e tossici pentiti.

Calle del Forno sarebbe tranquilla, come tutte quelle del villaggio, se non fosse per il continuo abbaiare della Gigia, la cagnetta malefica della tua vicina che, come te, sembra avercela col mondo intero. Per il resto, i passanti che si avvicinano al cancello che tanto arditamente sorveglia si muovono rispettosi, scansando i cumuli d'alghe e di conchiglie che la marea deposita quotidianamente lì davanti. E parlano sottovoce, quasi come si confidassero un segreto o si confessassero in chiesa, perché tutta l'Isola, nelle sue innumerevoli, inaspettate e per certi versi inaccessibili periferie, sa essere silenziosissima, talvolta indisponente, sempre imbarazzante.

Sei stato l'ultimo figlio dell'Ettore e dell'Ada e ora sei l'unico sopravvissuto dei tuoi fratelli. L'Angelo, il primo, è nato morto. Andata e ritorno su questa terra senza troppi fronzoli e tentennamenti, grazie al cordone ombelicale che gli si è avvoltolato al collo come una sciarpa e che a dire il vero gli ha fatto risparmiare una buona dose di seccature.

La seconda, la Iole, è morta giovanissima, vent'anni appena, uccisa da un male incurabile, come in fondo è ogni male; pure lei morta prima di poter lasciare una qualche traccia su questo mondo, prima di sposarsi, avere figli, di litigarci e disperarsi per la loro ingratitudine. Per te è poco più di una fotografia, la Iole, quella in cui è seduta a tavola mentre soffia sulla torta di un compleanno che nessuno ricorda più.

La terza, la Elena, è vissuta più a lungo. Si è sposata con un uomo che, secondo gli usi e i costumi dell'Isola, non mancava di picchiarla ogni tanto e ha fatto dei figli, accusati, come sempre, di aver voltato le spalle ai genitori. Ha vissuto una decina di anni da vedova, giusto in tempo per rompere i rapporti con te dopo la morte dei vostri genitori, intossicati dalla vecchia stufa che si ostinavano a usare.

Ricordi ancora quella guerra fatta di libretti postali nascosti, di conti correnti cointestati, di buste piene di soldi sparite dalla sera alla mattina, di gioielli e cornici d'argento trafugati misteriosamente. Per non parlare dei dissidi legati alla proprietà della casa dove abiti adesso – individuabile al catasto sui mappali 2200 e 2201 al foglio 3 – e del piccolo magazzino, ora inutilizzabile perché puzzolente e pieno d'alghe, che per anni tu e la Cinzia avete affittato a un ortolano che lo riempiva di sacchi di cipolle che non comprava mai nessuno.

Il tuo ultimo fratello, il Roberto, per tutti il Berto, non si era fatto vedere per anni; aveva scelto di navigare in giro per il mondo e si palesava solo con qualche cartolina dalla Turchia, dal Brasile o da Israele, nelle quali non mancava mai di sottolineare, come se non fosse evidente, il suo estremo e immutato attaccamento alla famiglia.

Era tornato sull'Isola proprio per tentare di recuperare un poco dell'eredità dei genitori, accompagnato per l'occasione dalla Aparecida, una brasiliana di trentacinque anni con solidissimi valori morali legati alla famiglia tradizionale e per questo ben propensa a sostenere il suo innamorato, all'epoca già piuttosto anziano, nel far valere i vincoli di sangue e nel pretendere dunque la spartizione equa delle proprietà.

Il Berto, però, era ripartito quasi subito verso l'America, ben prima di poter risolvere alcunché, dato che l'Aparecida, fin da subito, ci aveva preso gusto a passeggiare sul lungomare in abiti così succinti da suscitare l'inevitabile interesse della gioventù isolana, non abituata a simili esoticherie; interesse, tra l'altro, per niente respinto dalla ragazza che, pare, sia perfino sparita un'ora intera con un giovanotto proprio mentre il Berto scartabellava con te e tua sorella rogiti e contratti. Era stato per il bene di tutti, quindi, che il Berto aveva deciso in fretta e furia di tornarsene in Brasile senza pretendere altro che un paio di orologi da polso di dubbio valore.

Era morto l'anno seguente, tuo fratello, dopo essere stato lasciato dalla sua giovanissima compagna che, un giorno come un altro, in perfetto italiano, gli aveva confessato che non lo amava più come una volta, che era stata bene con lui, per carità, che l'Italia le piaceva un sacco, Firenze e Venezia, soprattutto, ma che, nonostante questo, non sentiva più quel brivido dietro alla schiena che pure aveva provato quando gli aveva detto per la prima volta *amorzinho* mio. Aveva poi aggiunto che era inutile, davvero inutile tirare le cose per le lunghe, perché si era invaghita di un uomo più giovane, più vitale, che la faceva divertire, non si offendesse più di tanto, perché una parte del suo cuore, anche se piccola, sarebbe stata per sempre sua.

Dei tuoi fratelli, in ogni caso, oggi non rimane nulla a parte un mucchietto di ossa stipato in cimitero e, pensandoci bene, non è poco.

Tu, invece, continui a esistere solo grazie a queste parole. Sono loro a tenerti in vita, a testimoniare la tua esistenza. Basterebbe un punto fermo messo proprio qui, ora, adesso, per ucciderti senza alcuna spiegazione, per farti fare la fine che meriti.

Entri in casa chiudendoti la porta alle spalle. Butti le orate sul lavello e, ancor prima di toglierti il giaccone, dono del figlio del Fasiolo che lavora al mercato ittico, riempi le loro pance di aglio e rosmarino. Avresti arrostito quei pesci secondo il costume isolano che sembra ignorare la bontà dell'orata al cartoccio o al forno, la delicatezza della cottura all'acqua pazza o con le erbe (nella fattispecie timo, basilico e prezzemolo) e si accontenta, invece, della semplicità più assoluta.

Dalla finestra, osservi l'acqua invadere la calle, appena scossa dal moto ondoso provocato da pescherecci lontani. Il cinese del laboratorio abusivo sospende per un attimo il suo lavoro, alza una paratoia mobile in corrispondenza della porta e poi scompare nel suo guscio di mattoni.

Il destino anfibio dell'Isola non ha nulla di poetico, a differenza di quanto pensano alcuni borghesucci della Terraferma e gli artistoidi che scelgono questo luogo per imbrattare le loro tele. Quando gli effetti della luna e del sole si sommano, la bassa pressione preme con più forza sugli uomini quasi a volerli schiacciare e la marea sommerge quasi totalmente il piano terra di ogni abitazione, chi vive qui si sente ancora più prigioniero del solito, come condannato a una sorta di traballante e posticcio confino. E sebbene sia vero che durante la notte la condizione di sommerso è di gran lunga la migliore per dormire in santa pace, nella misura in cui il sonno, come si sa, è una specie di prova generale della morte che serve proprio per non arrivare fuori forma al traguardo finale, è vero anche che le maree rendono difficili, se non impossibili, alcune delle occupazioni quotidiane più comuni, come fare la spesa o portare fuori il cane.

Senza contare che le pareti della tua cucina si stanno scrostando per l'umidità, l'intonaco è già venuto giù in più punti e la muffa aumenta a ogni allagamento. Gli stipiti delle porte sono marci e unti, come il canovaccio appeso al chiodo vicino al fornello.

Sotto l'orologio è appeso un calendario sponsorizzato da un'azienda che produce lenze per la pesca, fermo al settembre del 2016, il mese del ricovero definitivo della Cinzia in ospedale. Il forno a microonde è sormontato da un pacco di lettere, quasi tutte bollette, nastro isolante, forbici, una piccola radio che certamente non funziona più con la quale ascoltavi le partite di calcio, un pacco di sale grosso. Una ciabatta elettrica pende dal frigorifero.

Sopra la credenza ci sono due cornici con altrettante foto sbiadite. Su una la Simonetta, la piccola, cavalca un triciclo, sull'altra tu, la Cinzia e la bambina siete in barca, abbronzati e sorridenti. Momenti di nessuna importanza strappati casualmente all'oblio più totale. Vicino alla televisione, un vecchio modello grigio col tubo catodico, un piccolo cestino raccoglie le ultime medicine della Cinzia. Capita spesso che tu legga i nomi impressi in quelle piccole scatoline, sussurrandoli come fossero formule magiche: *Lasitone*, *Altiazem*, *Furosemide*, *Lixiana*.

Più in là invece c'è tutta una serie di immagini sacre. Un paio di Madonne (una è nera ed è il souvenir di un pellegrinaggio a Loreto della Cinzia, che ci teneva tanto a vedere la vera casa di Maria, trasferita mattone su mattone dagli angeli direttamente da Nazareth, producendo così quello che potrebbe essere considerato, a rigor di logica, il primo abuso edilizio della storia). Un san Francesco dallo sguardo estatico, attorniato da un branco eterogeneo di bestie (per la precisione, due oche, due anatre, un cavallo, una mucca, un cane, un maiale, un asino, due capre, un gran numero di volatili), bestie che, come ha avuto modo di affermare anche il papa, possono godere anch'esse della vita eterna al fianco dei loro padroni, sempre che si siano comportate cristianamente s'intende, e non come la Gigia, che rompe i coglioni dalla sera alla mattina. Infine, un sant'Antonio da Padova circondato da bambini biondissimi, per i quali sarà certamente più difficile accedere all'empireo dato il gran numero di tentazioni riservate alla specie umana.

È stata la Cinzia, che non perdeva una messa e che negli anni si è fatta pure ben volere alla sagra della Madonna dell'Apparizione grazie alla sua, davvero divina, abilità nella preparazione delle sarde in *saor*, a comporre questo teatrino di marionette sacre.

Più volte tua moglie aveva raggiunto Padova per vedere con i suoi occhi la lingua e l'apparato vocale (completo di laringe e faringe) ancora intatti del santo, quasi che il frate in persona dovesse tornare a predicare da un momento all'altro. La Cinzia aveva pregato con la mano poggiata sulla sua tomba tra gli ex voto di chi è stato esaudito; aveva pregato per sé, per la figlia, per una sua amica da tempo malata e che era morta poco dopo tra indicibili sofferenze, non si sa se per effetto delle preghiere troppo accorate o perché era destino.

Aveva più volte pregato anche per te, nonostante il tuo proverbiale odio per il clero e il tuo innato scetticismo, derivato sia dalla convinzione che dio non esiste, sia da quella, ovviamente in contraddizione con la prima, che dio sia bizzoso e crudele e che dunque valga la pena tenercisi alla larga il più possibile e certamente non entrare nelle chiese col rischio di disturbarlo.

Per te dio non è mai stato necessario perché, in fin dei conti, sono sufficienti gli altri per giudicare e punire, per castigare e tormentare, e tu stesso sei il Minosse di qualcun altro, e via così, come in una catena di guardie e condannati nella quale nessuno è libero.

Per questo, trovi incredibile l'innata propensione dell'uomo a pregare dio e i santi, gente morta secoli fa e già per questo degna della dimenticanza più assoluta, per faccende che, anche se gravi, sono ridicole contingenze se paragonate alla storia universale; tutte le preghiere non compongono altro che il registro sussurrato delle umane, umanissime disperazioni. Nient'altro.

La Cinzia, dopo essersi ammalata, non era più riuscita a raggiungere la basilica del santo da sola e più volte aveva chiesto il tuo aiuto. Se dio ti vuole ascoltare, le avevi risposto, ti ascolta anche da qua; senza considerare che, a tuo insindacabile parere, la Cinzia, grazie alla sua vita da cristiana di punta, orgoglio di don Antonio, aveva già conquistato un buon posto nell'aldilà.

Non erano forse sufficienti tre viaggi a Medjugorje, dieci ore di autobus granturismo passate a pregare con gli amichetti moribondi della parrocchia? Non bastavano i rosari con la comunità del cenacolo di suor Elvira? La tanto attesa visita all'orfanotrofio di suor Josipa? Le salite sul Križevac e alla Croce Blu? Non servivano proprio a niente le adorazioni alle santissime piaghe di Gesù con tanto di atto di contrizione finale, dove la Cinzia, quasi per beffa, era stata costretta ad ammettere di essere nientemeno che la peggiore delle peccatrici e per questo meritevole delle pene più dolorose dell'inferno? Nella contabilità celeste, che si picca di essere gestita così bene, contavano così poco i duecento euro per pernottamento, pensione completa, trasferimenti inclusi, simpatici gadget e pranzo col maialino in Slovenia ché è di strada e lì lo fanno davvero da dio? Insomma, quanto candida doveva essere la sua anima per posizionarsi bene nella graduatoria degli spiriti eletti?

Certo, se tu avessi portato la Cinzia a Padova almeno un'altra volta per farla pregare mettendo la mano sulla tomba del santo, quasi fosse un interfono collegato direttamente all'ufficio dell'altissimo, forse si sarebbe spenta meglio, senza ansie, nella pace dell'illusione; e invece se n'era andata incattivita, parzialmente aizzata contro di te dalla sorella Felicia, che non ti aveva mai potuto vedere e che aveva aspettato il momento giusto per fartela pagare.

In soggiorno, dietro a una vetrinetta, ci sono curiosi ninnoli che ricordano qualche viaggio: palline di vetro, due angeli di porcellana, un campanaccio con scritto «ALLEGHE», e poi ancora un dirigibile blu, che è la bomboniera del battesimo del nipote del Guerrino, appoggiato sopra un posacenere.

Vorresti buttare via tutta quella roba, smaltirla nel secco non riciclabile, anche solo per assicurarti che non abbia una nuova vita, assieme a tutte le immagini dei santi che, tra l'altro, vista la fine della Cinzia, non sembrano essersi impegnati più di tanto per la sua causa. Non hai il coraggio di farlo, però, perché del diavolo tu hai la cattiveria, quella sì, ma non la dignità e quelle quattro cose impolverate sono l'ultimo legame con la tua vita precedente, quando ancora spadroneggiavi e ti sentivi vivo.

La tovaglia gialla stesa sulla tavola è macchiata; la polvere copre un po' tutto, come la cenere dopo un incendio; vivere nel disordine e nello sporco è il tuo personalissimo modo di partecipare al generale disfacimento dell'Isola.

Tra le calli, tutto sembra sia stato abbandonato all'improvviso a seguito di un'alluvione, di una terribile epidemia, di un disastro nucleare o di un'invasione aliena. L'Isola è una Pompei galleggiante, destinata prima o poi a perdersi nella nebbia. Lo fa pensare la presenza, solo di primo acchito incoerente, di solitarie tavole imbandite, di magazzini vuoti dai cancelli spalancati, di una bicicletta lasciata arrugginire, di una grande seppia secca che penzola da un poggiolo.

Si tratta di un paesaggio che solo l'indole talpesca degli isolani può comporre. Uomini-paguro che, come te, si ritirano nelle loro stanze al suono della sirena, si appiattiscono ai muri, si nascondono dietro ai cassonetti, sempre sospettosi e diffidenti come merli, pronti a fuggire se qualcuno li osserva anche da lontano.

Fissi la tua immagine di vecchio allo specchio dell'entrata; la tua testa calva, il tuo volto apatico e arrossato dagli eczemi, i tuoi occhi sporgenti e leggermente strabici, i peli unti delle tue orecchie, i tuoi denti marciti dalle Merit, la tua barba da randagio. La Cinzia per fortuna non ha assistito al tuo decadimento fisico. Se n'è andata, grazie al cielo, un poco prima, quando ancora camminavi diritto, prima che quella piaga terribile chiamata vecchiaia esercitasse su di te tutto il suo potere.

Ora non usi nemmeno il sapone. Basta un po' d'acqua passata velocemente sotto le ascelle. Era la Cinzia che ti obbligava a lavarti. Ti aspettava sulla porta quando rientravi dal lavoro e ti mandava verso la doccia, dandoti, ancora una volta, un buon motivo per bestemmiarle addosso, perché in fondo lei era un robusto parafulmine, pronto scaricare a terra tutte le tensioni che accumulavi durante la giornata.

Ogni occasione era buona per buttare fuori il *dioporco* che ti usciva dal profondo, come un rutto. Per questo, se dio esistesse davvero, se tutti i santuari dell'Isola fossero qualcosa di più che agglomerati di cemento e mattoni, se don Antonio non fosse un omiciattolo come gli altri, preoccupato soltanto della propria sopravvivenza, avresti dovuto patirle tu le pene dell'inferno, e non la Cinzia, che era pur sempre una delle pecore più fedeli di santa madre chiesa. A meno che dio, nella sua infinta sapienza e cattiveria, non avesse operato una vendetta trasversale, non avesse cioè colpito lei per lasciarti solo in questo stato di assoluto avvilimento. In questo caso, l'agire già discutibilissimo dell'alto fattore, sarebbe stato aggravato dal metodo mafioso.

Che poi, a dirla tutta, la Cinzia queste bestemmie pareva volertele cavare a forza dal cuore. Se le meritava proprio per come cuoceva la pasta, per come riponeva le mutande e i calzini nel comò, per come sbucciava le mele. Ogni giorno le ripetevi che era una deficiente, una ritardata; ti veniva naturale, automatico, come darle uno schiaffo se alzava lo sguardo più del dovuto durante i tuoi rimproveri.

Nessuno, davvero nessuno, eccetto il giudice infernale che ti ha condannato alla vita che conduci, sa quando hai cominciato a battere tua moglie. C'è chi sostiene che tu l'abbia picchiata fin dai primi momenti e che, in definitiva, sia stato proprio questo particolare accorgimento a farti conquistare del tutto la Cinzia, da sempre disposta ad assecondare la sua naturale inclinazione al vittimismo. Altri, invece, si dicono certi che all'inizio tu ti fossi limitato a qualche schiaffetto affettuoso e a qualche ingiuria scherzosa.

Quello che è certo è che soltanto lei, con quegli occhietti

azzurri e insulsi, con quei denti gialli da nutria, con quegli abiti floreali che la fasciavano come un insaccato, era in grado di farti salire il sangue alla testa in quel modo. Una volta ti aveva fatto arrabbiare così tanto che avevi afferrato il più grande coltello che avevi in cucina, un Wüsthof comprato in offerta al supermercato dei Tedeschi, con l'intenzione di passarla da parte a parte e concludere così l'ennesima discussione. Solo la sua abilità nello sgattaiolare via come una pantegana l'aveva salvata.

Negli ultimi tempi, quando era già fiaccata dalla malattia, però, la Cinzia aveva preso a sfidarti, questa è la verità. Non certo con le parole, che, come te, conosceva e sapeva usare poco, ma piantando i suoi occhi bovini sui tuoi, senza piegare la testa. A infonderle questo coraggio da santa Maria Goretti erano stati certamente don Antonio e le sue amiche del rosario che avrebbero venduto un rene pur di distruggere un matrimonio, prima tra tutte quella gran puttana ingrata della Wanda.

Quando pensi a quei momenti, le tue mani, le tue manone nodose e pesanti, ancora si scaldano, ancora senti che potrebbero abbattersi su quella troia decerebrata, senza poterle fermare in alcun modo, ci fosse o meno la piccola in casa, che, quando c'era, era meglio corresse in camera sua, si tappasse le orecchie, chiudesse la porta e non rompesse i coglioni.

La Cinzia, dunque, negli ultimi tempi non ti dava soddisfazione. Incassava le botte passivamente, quasi fossero inutili per rimetterla in riga, e tu rimanevi sempre sorpreso dalla sua capacità di sopportare i colpi, soprattutto le pedate che caricavi con tutta la tua forza centrando le sue cosce o il suo culo da vacca, i punti dov'era più larga insomma, per non sbagliare. Neppure quando usavi la cinta o un mestolo della cucina, lei cadeva. Barcollava, quello sì, come un papero ferito, ma non piangeva nemmeno. Se ne andava ciondolando con quel suo culone indecente in bagno o in camera e finalmente ti lasciava solo a goderti un poco di tranquillità.

La Cinzia, in fin dei conti, era stata una buona moglie, devi ammettere che forse avevano avuto ragione a fartela sposare. Era stata una buona moglie perché non aveva mai detto a nessuno delle botte, nascondendo in maniera sapiente ecchimosi, slogature, occhi neri. Si confidava soltanto con quella merda di don Antonio, spia infame dell'altissimo, perché altrimenti non si spiegherebbe come mai al suo funerale, quando eri stato costretto a dargli pure cento euro di offerta, cento euro in due banconote da cinquanta, le ricordi ancora benissimo, il prete non ti avesse nemmeno ringraziato, non si fosse minimamente preoccupato di nascondere il suo schifo, come a dirti che per te la storia della pecorella smarrita non valeva.

Durante la cerimonia, don Antonio aveva avuto pure il coraggio di ricordare, oltre all'impegno della Cinzia nell'organizzazione della sagra della Madonna dell'Apparizione, i tanti sacrifici che la povera donna aveva dovuto sostenere in vita, e non si riferiva ai cicli di chemio e alla malattia che, nella davvero malata ottica cristiana, rappresenta una sorta di benedizione, un segno di attenzione da parte dell'altissimo. Si riferiva al matrimonio con te, lo sai bene.

Certo, il prete non poteva sapere quante volte lei si era dimenticata di comprarti il vino, o aveva cucinato troppo a lungo la pastasciutta o, specialmente nell'ultimo periodo, si era negata anche per un pompino e tu eri stato costretto a raddrizzarla almeno un poco a forza di pugni.

Tutti i preti millantano un'esperienza del mondo che non hanno; fanno presto a dire di non picchiare la moglie, loro che vivono da soli, o di non bestemmiare, loro che hanno più dio in bocca di chiunque altro.

Che poi era lei che parlava sempre di questo don Antonio: è una persona con cui si può ragionare, diceva, non è il classico prete, diceva. E che vuol dire che non è il classico prete?, rispondevi tu. Per te un prete è un prete e basta, e quindi sempre buffonesco anche se serio, sempre vigliacco anche quando impavido. E considerato che a pensar male ci si azzecca quasi sempre, non escludi che, nella penombra della canonica, tra tuniche e stole, il sant'uomo non avesse benedetto la tua Cinzia in maniera più intima e profonda, come certamente faceva con qualche altra pia donna del villaggio.

Una delle ultime volte in cui avevi battuto la Cinzia era stato proprio per colpa di don Antonio; lui dovrebbe saperlo, sentirsi un poco in colpa, almeno. Per festeggiare i sessant'anni del prelato, lei e le altre beghine della parrocchia della Madonna dell'Apparizione, capitanate, com'era prevedibile, dalla più puttana di tutte, cioè dalla Wanda, avevano deciso di organizzare una piccola festa a sorpresa in canonica. Le donne si erano date appuntamento un'ora prima che il parroco tornasse dal quotidiano esercizio del suo ministero per addobbare, con l'aiuto della perpetua e di un paio di nipoti già gonfi di patatine e spuma, la sala della canonica dove si faceva catechismo e disporre sulla tavola panini con la sopressa e la porchetta, tramezzini tonno, uova e maionese e torte di ogni tipo, costituendo così un vero e proprio eden enogastronomico ad alto contenuto di calorie.

Don Antonio, tornato di buon umore da un paio di

estreme unzioni, aveva gradito molto la sorpresa e aveva preso a mangiare come se i vizi capitali fossero sei e non avesse mai sentito parlare dell'ingordigia. Anche solo per ingurgitare tutto quel ben di dio, il prelato era stato costretto a bere uno e un altro e un altro ancora e l'ultimo e poi l'ultimissimo bicchiere del prosecco che una delle generosissime parrocchiane aveva comprato in quantità al supermercato dei Tedeschi, cominciando, quasi subito, a concionare col piglio di un vescovo.

Il sant'uomo prima aveva distribuito benedizioni a destra e a manca (ai sordi e agli orbi aveva detto, ridendo sguaiatamente), segnato con le mani la fronte delle donne, accarezzato i bambini e parlato addirittura con il cane che uno di loro teneva a guinzaglio e che certamente ora sarà in paradiso. Poi, si era lasciato andare a finissime dispute teologiche, arrivando a sostenere addirittura che erano proprio serate come quella a dare il senso della vera religione, che è stare insieme, divertirsi, condividere, anche le torte, perché no, e anche il vino, perché no. Era così gioioso quel pretaccio, circondato dalle sue fedeli ammiratrici, che quel Cristo in croce appeso alla parete che lo guardava serio aveva pure cominciato a dargli fastidio: e fattele due risate ogni tanto, avrebbe voluto dirgli.

A un certo punto della festa, il padrone di casa aveva fatto chiamare don Erminio che, pur essendo ospite del vicino manicomio per ecclesiastici, pareva non avesse rivali nel suonare la tastiera sghemba dell'oratorio. Per questo, tutti i presenti, comprese la Cinzia e la Wanda, sia chiaro, avevano esultato quando quell'ometto nervoso, magrissimo, con gli occhi da topo, opportunamente sorvegliato da due infermiere, aveva attaccato una versione pop dell'alleluia.

Don Erminio – lo aveva raccontato proprio don Antonio alla Cinzia – era sull'Isola da due anni, dopo che, assieme a un paio di collaboratori con la sindrome di Down, aveva tentato di costruire una nuova arca di Noè nel parcheggio della parrocchia di Auronzo di Cadore. Secondo lui, occorreva che la gente di montagna cominciasse a prepararsi all'imminente innalzamento del livello del mare, profezia, questa, che a molti non era parsa esattamente campata in aria.

Il prete, però, scoraggiato da insormontabili ostacoli materiali e burocratici, aveva dovuto presto abbandonare l'idea di realizzare un'arca ex novo, pensando, sempre con i suoi due collaboratori, che si poteva benissimo ricorrere a una nave già bell'e pronta, visto che probabilmente anche Noè avrebbe fatto lo stesso se avesse potuto, considerato che all'epoca del diluvio il profeta aveva seicento anni e, insomma, non era più un ragazzino.

In attesa di trovare un'imbarcazione adatta allo scopo, non si doveva perder tempo: era importante reperire al più presto le coppie di animali da salvare dall'estinzione. Proprio allora erano iniziati i problemi, perché finché si trattava di un prete che parlava della fine del mondo in piazza, pazienza, la gente era piuttosto abituata, ma quando qualcuno aveva cominciato a rimetterci soldi, la musica era cambiata abbastanza repentinamente. Così per poco non era stato impallinato, don Erminio, quando aveva tentato di rubare qualche gallina, un paio di oche e tre maiali da una fattoria. Il vescovo, impegnato a scansare scandali e denunce, allora lo aveva mandato sull'Isola, dove gli altri internati del manicomio gli avevano attaccato ben presto il virus della bestemmia facile che pure lui non aveva mai avuto.

Quando la Cinzia era tornata a casa dalla canonica alle dieci e mezza della sera con l'alito che sapeva scandalosamente di vin santo, era stato chiaro che dovevi batterla un poco, con l'ausilio del mestolo, visto e considerato che ti aveva spacciato la festa come un incontro di preghiera e le bugie, nonostante la versione edulcorata dei comandamenti propagandata da don Antonio, sono pur sempre un peccato.

I preti, pazzi o sani che siano, sono bravi solo a sotterrare la gente e a dire quelle quattro parole di circostanza a chi ancora non è pronto a scendere negli inferi, così come è sempre stato nei secoli dei secoli. E che don Antonio, a differenza di quanto pensava la Cinzia, sia esattamente un prete come tutti gli altri, lo dimostra ai tuoi occhi il fatto che non solo non aveva rifiutato l'offerta per il funerale di tua moglie, ma l'aveva praticamente richiesta. Offerta libera, ti aveva detto, ma assolutamente necessaria per coprire imprecisate spese della parrocchia della Madonna dell'Apparizione. E quei soldi tu glieli avevi dati in mano, sotto l'altare, sotto gli occhi attenti di un Cristo ragioniere – altro che fuori i mercanti dal tempio! – senza ricevere peraltro nemmeno un grazie o una ricevuta fiscale.

Quei soldi spiegazzati, stretti a lungo dentro al tuo pugno sudato, li avevi offerti su pressione della sorella della Cinzia, la Felicia, ma anche della Simonetta, la piccola, tornata sull'Isola con lo scopo precipuo di vederci chiaro sull'eredità. Se fosse stato per te, ovviamente, non avresti dato nulla a quella parrocchia intitolata, per un grande equivoco, alla madonna.

Sì, per un grande equivoco. Perché la storia, la storia

vera, i vecchi come te la conoscono, quasi ci fossero stati anche loro quel pomeriggio dell'agosto 1716 quando si dice che sull'Isola fosse apparsa la madonna.

Quel giorno, il Natalino, di anni diciassette, e la Elvira, quattordicenne già ben formata, secondo quanto suggeriscono le sempre pruriginose cronache dell'epoca, allontanatisi dalle rispettive famiglie con pretesti differenti e non meglio specificati, si ritrovarono stretti sotto il telo che copriva un bragozzo.

Il caso volle che il tempo peggiorasse rapidissimamente, come spesso avviene d'estate, e che si alzasse un vento fortissimo da nord. I due giovani, pur spaventati dai turbini e dalle onde, non si accorsero di quando la pesante imbarcazione ruppe gli ormeggi allontanandosi pericolosamente dalla riva.

Proprio sul più bello, dicono sempre i vecchi, al Natalino venne il paralizzante sospetto che qualcosa non andasse, tanto che sbirciò fuori dal telo per controllare. Il bragozzo, trasportato dal vento e dalla corrente, correva ormai parallelo alla riva, senza possibilità di essere governato in qualche modo. Impauriti, i due ragazzi si misero a urlare, attirando l'attenzione di alcune donne che si diedero un gran da fare per allertare i loro mariti che, in effetti, recuperarono quasi subito la barca alla deriva.

Ma, ancor prima di essere salvati, il Natalino con la Elvira si chiedevano in che modo avrebbero potuto affrontare le inevitabili domande sul loro conto, domande che avrebbero di certo messo in imbarazzo le loro famiglie, rispettabili anche se povere.

Una volta a terra, tutti, davvero tutti, anche il Domenico, il santolo del Natalino, e la Flora, la nonna della Elvira, vollero sapere dai due cosa fosse successo e soprattutto cosa ci facessero insieme. Il ragazzo, che non brillava per fantasia, riuscì solo a tacere e ad abbassare il capo – atteggiamento questo che, a posteriori, venne scambiato per mistica contrizione – mentre la Elvira, già scrutata malamente dalla nonna e della madre, nel frattempo giunta sul luogo, estrasse l'asso dalla manica, quello che si era ripromessa di usare solo in situazioni di gravissima emergenza. Piegando la testa disse: è stata la Signora. Poi tutta la storia venne da sé, perché una bugia del genere, e su questo i vecchi non hanno dubbi, o viene subito smascherata o diventa una verità incontestabile.

Lei e il Natalino passeggiavano ciascuno per i fatti suoi, (si conoscevano come sull'Isola si conoscono tutti, ma niente di più; mica si doveva pensar male) quando di fronte a loro era apparsa una bellissima signora vestita d'azzurro che li aveva invitati a salire a bordo di una barca e a pregare per la pace. Il temporale, però, li aveva sorpresi proprio nel mezzo di un'avemaria, forse proprio perché tutto il villaggio si accorgesse di loro.

La versione della Elvira, una ragazzina così a modo, così carina, di una famiglia così perbene che davvero pareva incapace di mentire, fu accettata di buon grado dalle famiglie dei giovani, contente di disinnescare il potenziale scandalo, e anzi, di veder riconosciuta la loro fede nel Verbo, ma anche dal pievano di allora, don Eligio, che sfruttò subito l'episodio per organizzare un rosario e una raccolta straordinaria di offerte per la chiesa.

Passato il maltempo, tutti gli uomini del villaggio, su invito del prete, uscirono in mare con le loro imbarcazioni, scortando il bragozzo con sopra i due ragazzi e le donne più devote dell'Isola che spargevano in mare fiori e preghiere.

Ora si dà il caso che, proprio in quel periodo, la Repubblica fosse impegnata in una guerra nell'Egeo contro quei miscredenti dei Turchi. Si può, dunque, solo immaginare quanto grande fu la sorpresa quando, la sera stessa dell'apparizione, arrivò sull'Isola la notizia che la flotta ottomana, superiore tecnicamente e tatticamente, era stata spazzata via da un fortunale e che dunque la guerra era vinta senza nemmeno il bisogno di combattere.

La Elvira e il Natalino vennero interrogati prima dal pievano, poi dal vescovo e infine dalle autorità civili. E mentre la Elvira, ormai calatasi nella parte, si dilungava in particolari, raccontando della veste della Signora, del colore dei suoi occhi e dei suoi capelli, perfino della sua marcata inflessione dialettale, il Natalino ormai intimamente convinto che la ragazza l'avesse vista davvero la madonna, si limitava a tacere, atteggiamento che venne interpretato, ancora una volta, come sintomo di mistica contrizione.

Schiere di pellegrini dalla Terraferma arrivarono sull'Isola quasi subito per pregare sulla riva della prima apparizione. Solo qualche anno dopo, quando una donna anziana, zoppa da una vita, guarì miracolosamente proprio nei pressi di quel punto, si decise la costruzione del santuario che ora domina l'intero villaggio.

Il prete della Madonna dell'Apparizione, don Antonio, lo odi, come solo i vecchi inutili come te sanno odiare. I giovani illusi amano, i vecchi inutili odiano, anche se questo non si può ammettere pubblicamente perché l'amore, si sa, gode di un'ottima reputazione tra gli uomini, sebbene molto spesso nasconda la naturale necessità di prosecuzione della specie e, a guardar bene, non abbia portato grandi vantaggi all'umanità. Dell'odio, invece, non si parla; non è oggetto di canzoni e poesie, meglio censurarlo perché non è degno, l'odio, della pubblica attenzione, ma questo sentimento agisce molto più spesso e più profondamente dell'amore, perché è ben comune che l'innamoramento passi e che l'odio, invece, resti e consumi le persone in modo eccezionale.

Tu odi gli altri, è vero, ma il sentimento è reciproco e lo sai bene. Anche tu sei odiato, e non solo dalla Wanda e dalla Felicia, dalla Ketty dell'alimentari e dal Berto delle esche, che hanno i loro buoni motivi, ma proprio da tutti, perché ci sono persone amate da tutti e persone che risultano inevitabilmente irritanti e fastidiose, come te.

Anzi, di te si può proprio dire che non hai mai fatto altro che irritare e infastidire le persone, questa è la verità, mettendo continuamente in discussione le loro convinzioni e facendo fallire i loro tentativi di riportarti in seno alla società. Per questo ti odiano. Non tanto, quindi, perché picchiavi la Cinzia, cosa questa che non ti rende di certo più amato ma che sull'Isola non è condizione sufficiente per essere odiati; le persone ti odiano per partito preso, così come tu odi loro. Se potessi, continueresti a irritare e infastidire gli altri perfino da morto, perfino nell'aldilà, se ci fosse, perché tu sei così e non ti si può cambiare.

Al funerale di tua moglie, la chiesa era così piena che qualcuno si era pure portato la sedia da casa per assistere alla messa. È importante che ai funerali i presenti si guardino intorno e commentino l'affollamento della chiesa. Poi, finita la cerimonia e sotterrata la bara nella terra scura e salmastra del camposanto, grazie all'opera di due operai tatuati ex tossicodipendenti della Terraferma, la Simonetta e il marito avevano subito iniziato a ventilare l'ipotesi di affiancarti una badante che ti pulisse casa e ti facesse da mangiare.

Una badante straniera, meglio ancora se non in regola con i documenti, assolutamente bisognosa, disposta a lavorare in nero senza troppi problemi; una badante fresca, di quelle che ancora non parlano l'italiano ché tanto tu ami tacere e non ti serve compagnia. La Simonetta, una volta a casa, guardandoti con gli occhi lucidi, ti aveva detto chiaramente che senza la Cinzia non eri autosufficiente, facendoti intendere più che altro che le serviva un modo, il più possibile a buon mercato, per lavarsi la coscienza di figlia assenteista e ben intenzionata a continuare a farsi i fatti suoi lontano dall'Isola.

Era inevitabile che tu scuotessi la testa. Ti mancava solo una badante pronta a rubarti i pochi, pochissimi soldi della pensione da pescatore, che ti costringe pure a chiedere qualche euro di elemosina qua e là per comprare le esche. Così avevi brandito il Wüsthof, lo stesso con cui volevi trapassare la Cinzia, (si era trattato di un attimo, non sai se l'avresti fatto davvero) e lo avevi agitato in aria, spaventando prima tra tutti la Lara, la tua inconsapevole nipote. L'importante era che tutti capissero che non volevi nessuno, tanto meno una badante.

No, tu non avresti fatto la fine del Nane. Lui era rimasto orfano dei genitori quando aveva sì e no dieci anni a causa dell'unica bomba americana caduta sull'Isola durante la guerra. Tutti i parenti e gli amici di allora si erano consolati piuttosto in fretta, considerando come bisognasse essere davvero sfortunati per finire in quel modo, dato che sull'Isola non era mai successo nulla se non qualche sorvolo di aerei e la requisizione di qualche peschereccio.

Così il Nane aveva dovuto cominciare a lavorare giovanissimo. E si sa che, se uno inizia a lavorare giovanissimo, la vita gli si accorcia, perché tira e molla la coperta è quella; e sempre giovanissimo il Nane si era sposato con la Gemma, una ragazza dolce e cara, anche se un po' meno servile della Cinzia, che lui come da tradizione aveva iniziato a battere quand'era in casa e a tradire quando usciva.

E insomma, il Nane, che negli ultimi anni della sua vita aveva un aspetto da spettrale menagramo (in testa quattro capelli bianchi e unti che non si decideva a tagliare, gli occhi spenti, i denti neri e un'enorme pancia pelosissima), pur avendo fatto con la Gemma tre figli, tutti e tre ben piazzati in Terraferma nell'amministrazione pubblica con incarichi di assoluto rilievo, tra cui vigile urbano, impiegato allo stato civile e bidello (quest'ultimo assunto grazie ai benefici delle categorie protette perché, insomma, aveva più di qualche problema), era rimasto solo come un cane.

La Gemma, infatti, un giorno come un altro, era stata falciata dall'unica macchina che passava in quel momento sull'Isola. D'altronde, come basta una bomba, basta una macchina, avevano pensato parenti e amici. La Gemma aveva fatto un volo che, chi l'ha visto, ha detto che pareva quello di una donna cannone, tanto che era finita direttamente in laguna, dove era stata recuperata poche ore dopo, impigliata tra le cime di un allevamento di cozze. Volo o non volo, il Nane era dunque rimasto solo, contravvenendo pure lui alle statistiche e alle scommesse che danno le vedove molto più numerose dei vedovi.

Con gli anni, il Nane, a differenza tua che ti senti così lucido da voler ancora infettare il mondo con le tue malefatte, si era abbrutito così tanto da diventare praticamente cieco, e i figli, per non rinunciare alle possibilità di

53

carriera offerte dall'amministrazione pubblica, pensarono bene di affiancargli una badante proveniente dalla Moldavia, anzi, dal sedicente stato della Transnistria, assunta rigorosamente in nero, ma non senza mediazione di una agenzia specializzata.

La Polina, bellissima e procace slava di mezza età, con un marito morto in un incidente, due figli maschi a loro volta impegnati in irrinunciabili impieghi pubblici e una figlioletta più piccola lasciata provvidenzialmente in patria, si era trasferita nella casa del Nane, al piano di sotto. Lui l'aveva presa tutto sommato bene perché non gli dispiaceva avere qualcuno da vessare, tanto che ti aveva raccontato, nei rari momenti in cui non era sotto sorveglianza perché la Polina era impegnata a telefonare, che a lui piaceva proprio pisciarsi o cagarsi addosso così che lei lo pulisse. Il Nane non si sentiva ancora così deficiente da non poter fingere sempre nuove deficienze.

La Polina, da vera professionista qual era, oltre a spazzargli la casa e a cucinargli speziatissime ricette di carne, che non avevano mancato di fargli venire terribili quanto reali disturbi intestinali, offriva al Nane anche una serie di servizi extra, come lo scuotimento, tra l'altro senza risultati rilevanti, delle parti intime, con annessi strusciamenti e palpazioni.

Di fatto, al Nane pareva davvero di vivere una specie di seconda giovinezza e per questo le dava spesso delle mancette piuttosto generose, estraendo banconote appena stampate da una scatola di biscotti danesi nascosta in un armadio e che era arrivata a contenere una bella sommetta, praticamente tutti i suoi risparmi, allo scopo nobile di far studiare la figlia più piccola della Polina, talentuosa ma indubbiamente sfortunata.

La donna si era anche impossessata dei gioielli della Gemma, che indossava senza alcun pudore anche per andare a comprare il pane o il prosciutto, gioielli lasciati anch'essi incautamente a casa dai figli, troppo impegnati per visitare il padre con regolarità, e che si facevano vivi più volentieri con una telefonatina tanto per sapere se, per quanto bavoso, il loro genitore fosse vivo o morto. Il Nane era così felice ed eccitato che, in un impeto di generosità, aveva pure promesso alla donna il servizio di Capodimonte che era stato di sua madre e che faceva bella mostra di sé nella vetrinetta del soggiorno, decisione, questa, che i figli non gli avrebbero mai perdonato.

L'idillio, ovviamente, era durato poco. Una mattina, il Nane, aveva chiamato come al solito la Polina perché gli pulisse il sedere. L'aveva chiamata una, due, tre volte, fino a quando aveva scoperto che era scappata, rubandogli tutto quello che poteva rubare, servizio compreso; per carità, non tanta roba, ma il Nane era rimasto indubbiamente fregato e pure col culo sporco. Il poveretto si era sentito male e i figli lo avevano trovato tre giorni dopo stecchito vicino al telefono, mentre provava a chiamare chissà chi.

Tutto questo era successo solo perché il vecchio Nane, pur essendo personaggio rispettabilissimo e dotato di una certa saggezza popolare che ora va molto di moda rivangare a ogni occasione, si era piegato al potere della donna, della donna più giovane, che è perfino peggio. Tu non avresti mai avuto una badante, a costo di infilzarla per legittima difesa col Wüsthof.

Alle intenzioni di tua figlia, la Simonetta, e di suo marito in realtà ci pensi poco. Tu ce l'hai soprattutto con la Felicia, con la Wanda e, naturalmente, con don Antonio perché sono loro, quegli infami, ad aver messo in giro voci terribili sul tuo conto. Altrimenti non si spiegherebbe perché il giornalaio e il farmacista, il netturbino e l'impiegato delle poste, ti guardino ogni giorno con tanto disprezzo, come tra l'altro fanno anche i tuoi compagni della Taverna, più precisamente il Tocia, il Gaetano e il Maurizio, che però non possono che giudicarti da loro pari, secondo la particolare legge dei reietti avvinazzati.

Il nemico ti assedia e tu ti difendi come puoi, certo. Chi parteggia per la Cinzia, parteggia per una morta, e fare questo significa vincere di sicuro, perché i morti sono inattaccabili, non si possono criticare e non possono aprir bocca e peggiorare così la loro situazione. Certamente tutti sanno delle botte, ma nessuno pensa che se la Cinzia ti avesse ascoltato un po' di più, se non ti avesse lasciato così tante volte senza vino o senza sigarette, non saresti arrivato a batterla così forte. Che poi a te l'arrabbiatura passava subito, mentre si sa che le donne hanno la memoria lunga e sono esperte nell'arte della vendetta.

Dopo i calci e i pugni, la casa scivolava nel silenzio; allora ti accasciavi sul divano a fumare e finalmente ti sentivi in pace, non come quelli che si sforzano tutta la vita di non essere quello che sono. Senza contare che la Cinzia, naturalmente remissiva, si sarebbe sentita persa senza la tua presenza forte, senza le tue bestemmie, o almeno così pensavi; non ti sarebbe mai sopravvissuta la Cinzia, che li voleva con tutta se stessa i tuoi schiaffi, forse per inseguire una sua idea particolare di martirio o per sentirsi semplicemente infelice, questo non lo sapresti dire.

Scendi nel tuo piccolo cortile con addosso un paio di stivali verdi di plastica perché l'acqua lo ha già sommerso per circa dieci centimetri. Quando c'era la Cinzia, uscivi spesso a fumare in cortile, a studiare la fetta di cielo che la calle stretta ti permetteva di osservare, così, tanto per capire il tempo. Ora sai che, nell'Isola dove tutto è prigione, il cortile non è altro che il tuo posto per l'ora d'aria. Ti chini a fatica, apri la bombola del gas, accendi il fuoco sulla griglia e inizi a cucinare le piccole orate che hai pescato e i *barboni* che ti ha dato il Lucio della pescheria.

Alla prima nuvoletta di fumo azzurro, la Marzia, la vicina di casa che da anni stende imperterrita il bucato proprio di fronte al tuo cancello, si affaccia e ti urla addosso che sei un maleducato, un vecchio di merda, un criminale e promette che presto avrebbe mandato suo marito a darti una lezione, mentre la Gigia, la sua cagnetta fedele e battagliera, con i suoi bau bau, sostiene la causa della padrona.

Le rispondi chiamandola puttana schifosa e porconando come meglio non potresti. Le rinfacci la sua ributtante grossezza, il suo essere stupida come poche, tanto ritardata da non riuscire nemmeno a farsi i cazzi suoi; la rimproveri per l'amicizia con quel bastardo, figlio di una buona donna, ladrone patentato, risultato di secoli d'italiche corruttele, del sindaco Bertin, secondo te responsabile di tutto il male possibile e immaginabile, financo dello scioglimento dei ghiacci polari e della stessa vecchiaia.

Come se non bastasse, le ricordi le visite quotidiane del Paolon, suo marito, alla Rossana, puttana che solo sull'Isola può avere successo con i suoi modi sbrigativi e la sua pelle cadente, che si dice addirittura gli metta un guinzaglio al collo e lo costringa a leccare il pavimento.

Cornuta, le dici. E come potrebbe non esserlo, pensi subito dopo, con quelle tette che le scivolano sul petto, con quel sedere enorme che ricorda quello della Cinzia.

Della Cinzia prima della malattia, ovviamente, quella con i capelli radi, le braccia gonfie, la pelle lucida per il sudore, gli occhi ravvicinati come quelli di una sogliola.

Basta uno sguardo per capire che la Rossana è una puttana e che il suo ruolo sull'Isola non è tanto quello di semplice puttana, ma addirittura di puttana storica, con una lunga carriera alle spalle.

Per poterlo dire non è sufficiente imbattersi nel suo trucco un po' troppo appariscente, nel suo rossetto vermiglio che fa risaltare i suoi denti gialli fino a formare una specie di bandiera della Spagna; o notare la sua naturale predilezione per vestiti in stile animalier, meglio se scollati per mostrare il seno ancora prorompente e duro, mantenuto in forma chissà con quale cosmetica diavoleria. A essere onesti, non basta nemmeno vederla passeggiare a tutte le ore del giorno e della notte, producendo con i tacchi una gran confusione tra le calli silenti del villaggio in cerca di un cliente. È proprio la combinazione di tutti questi fattori che la rende particolarmente riconoscibile.

La Rossana esercita da decenni, questo lo sanno tutti. Sembra abbia sverginato ben due generazioni di isolani e, forse, riuscirà a fare lo stesso con la terza. Aveva iniziato per passione, la Rossana, per dar sfogo a un innato talento nello spolpare soprattutto i pescatori più giovani e nerboruti, con una chiara predilezione per quelli già sposati. Solo in seguito, emarginata da tutti per la sua promiscuità, era stata costretta a trasformare la sua naturale passione per l'amore in un lavoro, dovendo però abbassare un poco l'asticella delle sue pretese e accontentarsi di gente come te che certo non l'avrebbe attratta in altre circostanze.

Anche tu, come il Paolon, sei salito a casa della Rossana più di una volta, quando eri giovane e la Cinzia non sempre ti si concedeva. Lei ti accoglieva vestita di tutto punto e, dopo un rapidissimo saluto, ti faceva strada verso la sua camera a cui si accedeva attraverso un corridoio dove era appesa una maschera di Pierrot tutta impolverata. Ti faceva accomodare sul letto e iniziava a spogliarsi, riponendo con cura i vestiti su una sedia per non stropicciarli.

Prima di togliersi il reggiseno, si avvicinava e si faceva odorare un pochino, un profumo al borotalco simile a quello che si sente passando vicino allo scaffale dei detersivi al supermercato; poi, con un gesto rapido, ti sfilava i pantaloni. Si stendeva accanto a te sbuffando un poco e ti gettava un preservativo sopra le mutande.

Tu le eri dentro in pochi secondi. Mentre ti muovevi, lei osservava il lampadario della camera, pieno di ragnatele. Chissà quante volte avrà osservato quel lampadario, ti chiedevi. L'ultima immagine che la Rossana vedrà prima di morire sarà certamente quel lampadario che si muove ai colpi dei clienti. Se non finivi presto, iniziava a spazientirsi e a roteare gli occhi, la Rossana, quasi come le nigeriane che avresti frequentato in seguito.

Hai sempre pensato che il fatto di essere bella, anzi bellissima, soprattutto da giovane, per la Rossana sia stata la più grande fortuna, perché nessuno avrebbe pagato per una puttana brutta. Ma se avessi chiesto a lei che cosa pensasse della sua bellezza, ti avrebbe certamente detto che la bellezza è stata per lei la più grande sfortuna; è stata proprio la bellezza, infatti, che l'ha fatta deragliare dalla retta via senza possibilità di appello.

Allora tu le avresti risposto che, molto probabilmente, lei sarebbe ugualmente deragliata dalla retta via anche se non fosse stata bella e che dunque la bellezza si configura davvero come la sua più grande fortuna; ma lei avrebbe replicato che, per quanto possa apparire così adesso che è vecchia, un tempo la bellezza è stata per lei una terribile disgrazia che le donne brutte nemmeno possono immaginare.

Mentre urli alla Marzia, il pesce sfrigola, un paio di gabbiani gridano e la Gigia continua ad abbaiare. Come seguendo il copione di una sgangherata commedia, la Marzia reagisce alle tue parole lanciandoti maledizioni di ogni sorta, la maggior parte delle quali peraltro già ampiamente esaudita vista la tua davvero infima condizione. Poi ritira il bucato, investito dal fumo della griglia, e chiude le imposte. Meglio così, pensi, anche se non ti sei mai tirato indietro di fronte a un litigio.

A dire la verità, non ti sei tirato indietro di fronte a niente. Non ti impensierivano le notti passate a bordo dell'*Audace* a recuperare le reti con il mare nero tutto intorno, e nemmeno le risse, anche quando spuntavano i coltelli. Oggi non ti impensieriscono particolarmente le epidemie, le malattie, le crisi economiche e i cambiamenti climatici.

Però di una cosa sei certo: ci deve essere, depositato da qualche parte, un progetto, un enorme complotto, un'oscura macchinazione per renderti la vita ogni giorno una gran rottura di coglioni. E di questa macchinazione non possono non far parte la cornutissima Marzia e il marito, il sindaco Bertin, la Ketty dell'alimentari, che ogni volta ti guarda storto e fa di tutto per evitare anche il minimo contatto con te, fosse solo per darti il resto. E poi, la Susy del panificio, la signorina del comune che ogni tanto viene a casa tua e ti chiede come stai, come se davvero gliene fregasse qualche cosa e non venisse solo per controllare che tu non sia mummificato, che il tuo corpo, nel caso, sia smaltito correttamente con tutti i crismi, per non parlare del Bepo della cantina e di quel ladruncolo del Berto che vende vermi.

Don Antonio deve essere il capo, la mente di questa persecuzione, e si capisce fin troppo bene che vorrebbe vederti morto, morto e sepolto insieme alla Cinzia e prendere, tra le altre cose, altri cento euro di offerta dalla Simonetta per le spese, imprecise, della parrocchia.

Il tuo pranzo, nel frattempo, continua a cuocersi, diffondendo un profumo che ti ricorda le grigliate di tuo padre e di tuo nonno. La pelle del pesce s'imbruna, si raggrinzisce, come quella di un vecchio quando prende troppo sole in faccia. Spegni il fuoco e vai dentro casa a mangiare. Nelle orecchie senti ancora il suono della sirena che annuncia l'alta marea, che scenderà solo verso il tardo pomeriggio depositando su tutta Calle del Forno alghe e pesci agonizzanti, granchi e cadaveri decomposti di nutrie e topi, marmotte e ricci, creature sorprese dall'impeto dei fiumi e trascinate loro malgrado in mare e poi sull'Isola. Le strade del villaggio ora sono tutto uno strisciare di bestie, un ribollire di morte, un osceno brodo di ossa gelatinose, capelli, peli, denti, squame, feci.

Inizi a mangiare avidamente i pesci, bevendo dal cartone il vino che ti avrebbe fatto dormire fino alle quattro tra rutti e scoregge, con in sottofondo le sentenze del giudice di *Forum* alla TV che prima o dopo, ne sei certo, avrebbe giudicato anche te.

Dopo pranzo, fumi l'ennesima Merit, buttando la cenere tra le spine dei pesci, ultimo sfregio a quegli scheletri insulsi. Semmai un giorno i pesci dovessero prendere il sopravvento sugli uomini, e l'ipotesi è meno fantasiosa di quanto si possa pensare, tu saresti per loro il nuovo Priebke, il nuovo Eichmann, il nuovo Mengele.

Guardi le pareti della cucina ingiallite dal tempo e dal fumo. No, non hai motivo per dipingerle. Lo facevi spesso quando eri più giovane. Ti prendevi un paio di giorni dal lavoro e iniziavi a imbiancarle, partendo dall'ingresso. Ti piaceva essere preciso, pulito. Prima coprivi il pavimento e i mobili con un telo di plastica, poi salivi sulla scala e muovevi il pennello con un gesto armonioso, fluido, ben attento a non gocciolare. Adesso le pareti raccontano il tuo abbandono, ti sembrano gli affreschi della tua vita, ricoperti di muffa e insetti.

Sulla televisione che fissi davanti a te, scorrono le immagini di un mondo che non riconosci. Delle parole senti solo il suono, avvilenti ecolalie simili a quelle che producono i tuoi compagni della Taverna: la manovra correttiva, il governo, l'ultima canzone di Vasco Rossi, lo spread, il due a zero dell'Inter, il riscaldamento globale, lo scioglimento dei ghiacci. Tutto è lontano dall'Isola, inesistente, perché è chiaro che al di fuori dell'Isola non c'è nulla. Sull'Isola conta solo il notiziario dell'osteria, la cronaca della calle fatta delle truffe del sindaco Bertin, dei tradimenti dei pensionati, del piccolo spaccio, della pesca di frodo.

Vai in bagno, ti abbassi i pantaloni, e ti prendi in mano il pene, l'uccello vecchio, circondato da pelo bianco. Pisci appoggiandoti allo sciacquone e ti ricordi di quando lo infilavi dentro le fiche e i culi delle donne quell'uccello vecchio, mai dentro i culi degli uomini perché i finocchi li bruceresti come monito per chi vive contro natura; ti ha fatto godere tanto quell'appendice di carne ora inerme, del tutto superata da modelli più avanzati, mera manichetta per minzioni sempre più frequenti e incontrollate. Ti fa pena il tuo uccello, ogni volta che pisci.

Torni in salotto e ti getti come un sacco sopra il divano. Spegni la TV, e l'abbaiare insistente della Gigia torna a urtarti i nervi. Ormai non ci vai più a letto, neppure la notte. Ti ricorda troppo il corpo steso della Cinzia prima che venissero le pompe funebri, ti ricorda troppo il cimitero. E poi ti è impossibile dormire con quell'enorme crocefisso che lei aveva a tutti costi voluto appendere proprio sopra la testiera. Un crocefisso nero, uno di quelli in stile africano arrivato da chissà dove; certamente dev'essere stato quel satanasso di don Antonio a farglielo comprare, e chissà per quanti soldi, col pretesto di contribuire alla costruzione di un pozzo in Sudan o di una scuola in Costa d'Avorio, che poi non capisci perché non si aiutino quelle persone con una sterilizzazione di massa.

Vorresti toglierlo quel crocefisso, come anche le due bottigliette di acqua benedetta che stanno sul comodino, riempite, credi, dal rubinetto di una casetta bosniaca e non dalla fonte della vita eterna, ma come per le altre cose non ci riesci. Il crocefisso lascerebbe un'indecente impronta sul muro, diventerebbe una specie di sindone e sarebbe ancora peggio. Meglio lasciarlo lì, quel cristo in croce, a cui la Cinzia rivolgeva le ultime preghiere prima di dormire e che, visti i risultati, non la capiva nemmeno. Un cristo che tutto sommato è in croce come te.

Non ti azzardi ad avvicinarti a quel letto che la Cinzia, con inspiegabile solerzia, rifaceva ogni giorno con precisione assoluta, così come il novanta percento delle donne dell'Isola che vogliono che nei loro letti non ci sia nemmeno una piega, che i lembi delle lenzuola siano perfetta-mente simmetrici. Nel rifare il letto, si capisce quanto le donne tengano al matrimonio, chiaro, ma anche quanto siano abili nel nascondere, nel depistare. Basta pensare alla Floriana che per anni si era incontrata proprio nel suo letto con un uomo di vent'anni più giovane, che faceva ve-nire a casa quando il marito era in mare; lei era così tran-quilla e serena che dopo l'amore gli faceva pure da man-giare. O alla Nelly, la figlia del Gaspare, che al mercato del pesce si eccitava a farsi palpare da tutti quelli che pas-savano finché ne sceglieva uno e se lo portava, come un trofeo, sul talamo nuziale, questa volta, secondo i maligni, con la complicità del marito che spiava, da un foro appo-sitamente predisposto, le sue performance.

Le donne, soprattutto quelle di una certa età, dicono di volersi concedere con parsimonia, centellinando gli sguardi per non sciuparsi gli occhi, ma nella loro testa si aggirano le fantasie più incredibili e sconvenienti, lo sai bene tu, che ne hai fatte di cotte e di crude.

Il tuo letto, in ogni caso, andava ricomposto anche quando, tornando a casa ubriaco, prendevi la Cinzia, che ti opponeva una resistenza molto blanda, perché dopotut-to essere a tua disposizione faceva parte degli obblighi del matrimonio, e su questo neppure don Antonio poteva aver nulla da dire, e la gettavi sul letto, le aprivi le gambe esaurendo la tua ferinità quasi subito in una lacrima di lat-te cagliato.

Steso sul divano, provi ad addormentarti con la bocca aperta e le mani sulle palle, per un atavico istinto di pro-tezione che deve essersi impiantato nella tua corteccia ce-rebrale, ma non ci riesci a causa del continuo abbaiare della Gigia, quella mezza bastardina, simile a un yorkshire terrier, che per te è una cagna malefica, del tutto inserita nel progetto messo in atto dalle forze più oscure per romperti i coglioni. Se l'Isola è il tuo carcere, la piccola bestia è parte della pena.

La Marzia deve essere uscita per le sue commissioni. A quest'ora sarà o dalla parrucchiera, che può comunque fare ben poco per quei quattro peli che si ritrova in testa, o dall'estetista per rifarsi le unghie col gel, mezzuccio con il quale lei crede di essere più attraente per il marito che tuttavia preferisce di gran lunga i servizi rustici della Rossana. Oppure potrebbe essere al supermercato, la Marzia, per fare scorta di tranci di pesce surgelato che poi è l'unica cosa di cui nutre il decerebrato adolescente che ha messo al mondo e che si intontisce, beato lui, fino a tarda sera fumando erba dietro al cantiere navale.

Capisci che la Marzia non è in casa perché la Gigia abbaia ancora più insistentemente del solito, al passaggio di uomini e donne, di mosche e cavallette, di lumache e scarafaggi. Abbaia anche alla propria ombra, la Gigia, tanto che pare posseduta dal demonio. Esistono esorcisti per cani?, ti chiedi.

Steso sul divano, vieni martellato da questo continuo e ritmico abbaio che pare propagarsi lungo tutti i mattoni della casa, rimbombare sulle pareti del magazzino e poi squassare il tuo cervello, percuotendolo fin dentro la scatola cranica. La tua mente è tutta rivolta alla mascella di quel cane satanico, preso in affido in un canile dell'inferno, perché i cani, come i padroni, sono strumenti del demonio, su questo non c'è dubbio.

Solo dopo un bel po', il vino e la digestione sempre faticosa hanno la meglio e ti addormenti.

Sogni. Sei in diga e guardi la punta della tua canna. Improvvisamente, senti in bocca una sensazione strana, come un pizzicotto in gola, un dolore che pian piano aumenta, si allarga e ti scende lungo tutto l'esofago. Urli così forte che ti sentono perfino dalla Terraferma, perfino le anziane sentinelle del forte si voltano verso di te. Dalla tua bocca vedi uscire una sottilissima lenza trasparente che sparisce dentro le acque grigie del porto; cominci a sentirti tirare verso l'acqua e allora capisci che è un amo. Un amo ti è finito in gola. Sei stato pescato, come lo sono stati i tuoi pesci, tante tante volte.

Non ce la fai più a gridare. Produci solo un rantolo sordo, quasi ti avessero ficcato in gola la sordina di una tromba. Piangi lacrime e sangue. Con i piedi ti puntelli a un masso della diga, allunghi disperatamente il braccio per raggiungere la forbice o il coltellino che tieni nella cassetta della pesca. Ma la sofferenza è tanto più forte, quanto la resistenza che opponi. La forza traente diminuisce a tratti, ma poi improvvisi strattoni ti fanno quasi perdere i sensi. Là sotto, tra le acque turbinose del porto, deve esserci un pescatore esperto, magari vecchio come te, una rana pescatrice che vive mossa solo dalla vendetta.

Il dolore, a un certo punto, diventa così forte che non ti resta altro da fare che gettarti in acqua. Ti lasci andare e ti senti finalmente libero mentre scivoli negli abissi e attorno a te si compone la danza macabra delle orate e dei branzini, delle canocchie e delle grancevole. Un enorme pesce serra ti si fa incontro e ti elenca tutte le tue colpe prima di morderti sulle gonadi.

Ti svegli di soprassalto, con la fronte sudata e i pantaloni zuppi del tuo piscio. Ti capita sempre più spesso di fartela addosso, anche nel sonno. Ti sollevi dal divano bestemmiando contro dio, la vecchiaia, la vescica, il mare, la vita sulla Terra. La Gigia sta ancora abbaiando, ora alle nuvole, ora a un piccione.

Il vino ti fa la testa pesante e ti ci vuole un po' per riconoscere e dare un nome alle cose che ti circondano, nel tuo caso quasi tutte lise e logore. Per uno che fa la tua vita, il sonno è senz'altro un sollievo, questo è evidente. Fuori l'acqua si sta ritirando, rivelando cumuli d'alghe, cefali boccheggianti, granchi sperduti, mentre la temperatura aumenta ogni minuto di più. Ti affacci alla finestra e getti occhiate rancorose alla Gigia che, in assenza della padrona, sta dando ancora il meglio di sé.

Mosso da una forza misteriosa, ma quanto mai potente, scendi in cantina e cerchi, tra la polvere e centinaia di attrezzi inutili, quella confezione di lumachicida a base di metaldeide che ti è avanzata da quando curavi un piccolo orto che ora hai lasciato alle erbacce. Poi torni in cucina e dal frigorifero tiri fuori un piatto di carne macinata che stava lì da non sai quanto. Con molta cura, mescoli i granuletti blu del veleno con la carne, fino a formare un impasto perfetto per succulente ma letali polpettine. Erano anni che non ti impegnavi così tanto in cucina.

Secondo i tuoi calcoli, la ricetta avrebbe provocato spasmi muscolari, convulsioni, contrazioni, tachicardia, fiato corto e tutta una serie di altre terribili conseguenze alla cagnetta che, dopo anni di onorato servizio, avrebbe finalmente raggiunto il paradiso dei cani dove pare si possa abbaiare a piacimento.

Con il piatto di polpette in mano, apri il cancello e ti guardi intorno. Nessun testimone. Lanci la prima polpettina dentro il cortile della Marzia. Dopo essere rotolata per meno di un metro, si ferma proprio sotto le zampe della Gigia che prima la annusa, piuttosto sospettosa, ma poi cede all'ingordigia che caratterizza ogni essere vivente e la divora in un solo boccone. La cagnetta, per niente soddisfatta di quanto ricevuto, spinta dalla sua fame genetica, si avvicina alle sbarre del cancello, chiedendosi secondo quale imprevedibile logica sia potuto arrivare qualcosa di così buono da quel lato del suo mondo da cui di solito giungono solo urla e bestemmie.

La seconda polpetta ha vita ancora più breve della prima: la Gigia quasi la prende al volo, così come succede con la terza e con la quarta. Ti pulisci le mani con uno straccio e rientri a casa. Dopo qualche minuto di abbai, che naturalmente non sono altro che richieste di altro venefico cibo, la Gigia si rintana all'interno della sua cuccia, costruita dal marito della Marzia in compensato marino e che ora funziona perfettamente da bara. Certo, hai ucciso una cagnetta che avrebbe tranquillamente potuto sopravviverti, ma anche nella contabilità universale, scambiando l'ordine dei fattori, il risultato non cambia.

Anche tu morirai, questo è sicuro. E il verbo "morire" è il più adatto per non indorare la pillola a nessuno, uomo o canide che sia. Tu non spirerai, non passerai a miglior vita, non lascerai questo mondo, non esalerai l'ultimo respiro; e nemmeno renderai l'anima a quel dio che non riconosci, non te ne andrai, non mancherai, non smetterai di soffrire, né perirai. Semplicemente morirai.

Morirai sì, in un letto d'ospedale circondato da infermiere frettolose e indifferenti, in perenne fine turno, che non vedono l'ora di metterti un lenzuolo in faccia e tornare alle loro case, dai loro mariti. O forse morirai in casa tua, sullo stesso divano dove dormi. Sussurrerai l'ultimo *diocan* e poi più nulla. Morirai solo, senza neppure la compagnia prezzolata di una badante moldava.

Della tua morte si accorgerà proprio la Marzia. Mentre stenderà la biancheria, la donna sarà attratta dal puzzo dolciastro della tua prima putrefazione, proprio come le mosche sono attratte dalla merda, che poi in questo caso saresti tu, un bell'involucro di merda. D'altronde già ora il tuo corpo emana l'odore insopportabile dei vecchi, che tu non ti preoccupi nemmeno di camuffare con profumi o bagnoschiuma come fanno in molti, a partire dalle signore perbene della parrocchia.

Oppure, se riprenderai le vecchie abitudini, morirai in modo grottesco come il Pino, in un centro estetico cinese, tra le gambe di una contadinotta trentacinquenne nata a migliaia di chilometri di distanza dall'Isola e destinata a essere l'urna funeraria del tuo cazzo. Ti verrà un colpo alla Taverna, tra i motti della briscola, tra un porco e l'altro, poco prima di gettare la carta vincente, mentre alla TV muta sopra il bancone Paolo Fox dà l'oroscopo e la cameriera passa il mocio. Cadrai sbattendo la testa e trascinando con te il bianchetto e una manciata di arachidi nell'oltretomba. Morirai soffocando nel tentativo di mangiare un mezzo uovo con l'acciuga, oppure scivolerai in mare durante una giornata di pesca neppure troppo fortunata. Morirai così perché non esiste fine eroica, questo è chiaro, solo la fine esiste.

Non sospetti nemmeno quale enorme favore faresti al genere umano se ti decidessi a morire. A partire dall'INPS, che non dovrebbe più liquidarti la tua pur bassissima pensione, e da tua figlia, che finalmente potrebbe ereditare la piena proprietà della casupola dove vivi, venderla per una pipa di tabacco e finalmente recidere ogni legame con l'Isola.

Te la immagini la scena. Tua figlia, la Simonetta, sarebbe stata avvertita della tua morte da una telefonata e sarebbe arrivata di corsa insieme al marito e alla Lara, tua nipote. Sarebbe entrata in casa tua, avrebbe aperto la credenza della cucina, il comò, tutte le scatole del ripostiglio, alla ricerca di qualche banconota, di un libretto postale sfuggito ai radar, di qualche piccolo oggetto d'oro della Cinzia, sorprendendosi nel contempo dello sporco in cui vivevi, di come un uomo possa ridursi in un simile stato di avvilimento, e forse si sarebbe pure sentita un poco in colpa per aver abbandonato l'unico genitore che le era rimasto. Si sarebbe seduta sul letto con le mani sulla faccia e avrebbe pianto. Avrebbe pianto la Simonetta, perché dopotutto lei è una persona buona, mica come quelle che abbandonano i vecchi al loro destino, senza considerare che in certe occasioni non si può non piangere, perché è maleducazione.

Suo marito, allora, l'avrebbe abbracciata ricordandole che lei aveva fatto il possibile, che eri stato tu a scegliere di non essere aiutato e che lei era stata una brava figlia, disposta pure a pagarti una badante. Eri stato fortunato ad avere una figlia così, ma tu avevi sputato su questa fortuna. Tuo padre aveva un carattere di merda, così le avrebbe detto, non te lo dimenticare. Poi avrebbe spronato la moglie a rovistare meglio, perché i vecchi, soprattutto quelli con un carattere di merda, sono bravissimi a nascondere i loro risparmi, pure il materasso bisognerebbe aprire, perché sono terribili e mascalzoni.

Nel frattempo lui, col piglio del geometra, avrebbe cominciato a verificare la condizione dei serramenti, a vagliare lo stato degli impianti, scuotendo il capo per sottolineare che, insomma, più di tanto da quel buco non ci si poteva ricavare, a meno che non si abbattessero un paio di tramezzi, non si creasse un open space così come va tanto di moda oggi e non si installassero un paio di split per l'aria condizionata. Vendere prima o dopo aver ristrutturato?

Al termine della ricerca, la Simonetta non avrebbe davvero trovato nulla, se non un piccolo salvadanaio pieno di lire (per la precisione, venticinquemila), e se ne sarebbe andata non preoccupandosi neppure di riordinare. Subito dopo, ti avrebbe organizzato un funerale rapido ed economico, sostenendo davanti a quelli delle pompe funebri che tu avresti voluto così, dato il tuo stile di vita frugale. Avrebbe rifiutato corone di fiori e santini, messa cantata e tutto ciò che le sembrava uno spreco. Ti avrebbe fatto seppellire al camposanto con una croce di legno e un bel mazzo di fiori finti sopra la testa, che di tornare sull'Isola davvero non se ne parlava, almeno in tempi brevi.

Anche i tuoi compagni della Taverna, il Tocia, il Gaetano e il Maurizio avrebbero saputo la notizia. Non ti avrebbero visto per un paio di giorni, immaginandoti già incastrato tra i massi della diga, pieno d'acqua nella pancia come un otre, oppure steso dentro a una bara all'obitorio, con la pelle dura e fredda come il marmo. Poi, uno di loro avrebbe visto la tua epigrafe e avrebbe semplicemente avuto la conferma, come tutti gli altri del resto, che eri morto, che eri andato là dove tutti sono diretti e che per fortuna tu ci eri andato per primo, che non c'è tanta fretta, dopotutto.

Neppure loro, i tuoi vecchi compagni di bevute, avrebbero rimpianto un vecchio taccagno come te, che non aveva mai offerto un bianchetto neanche per sbaglio, un vecchio acido, neppure buono a fare il quarto a briscola. Avrebbero continuato a bere, a ruttare, a offendere la cameriera cinese e poi a offrirle una piccola mancetta per farsi mostrare un capezzolo, per poi spegnersi a turno, come te, come tutti. Solo l'Ammiraglio avrebbe versato qualche lacrima, la stessa che riserva a un gatto investito o a un albero che perde le foglie.

Che poi morire vuol dire accorgersene, altrimenti la morte è una faccenda di una banalità sconcertante. Una famiglia di francesi è morta sull'Isola lo scorso anno in circostanze così particolari che la notizia aveva fatto il giro del mondo perché, si sa, il mondo è sempre molto ricettivo di fronte alle disgrazie.

Mamma, papà e due bambini. Nessuno di loro si è accorto di niente, aveva precisato il responsabile della protezione civile arrivato in tutta fretta sull'Isola, quasi per minimizzare l'accaduto, per gettare, come si dice, acqua sul fuoco. Anche le istituzioni, compreso il comune, sanno bene che la morte esiste se uno la vede arrivare, altrimenti è una barzelletta, una baggianata, una cosetta veloce, come togliersi un cerotto.

I francesi non si erano accorti di nulla e dunque non sono neppure morti, questa è la verità. Stavano tranquilli nella loro camera al terzo piano dell'Hotel del Sole, che oggi non esiste più, impegnati, pare, nel preparare le valigie per tornarsene a casa. Nessuno di loro si è accorto che la *Neptune*, enorme nave cargo battente bandiera delle Bahamas, ingannata dalla nebbia fitta, aveva puntato la sua prua proprio verso l'hotel dove alloggiavano. Non potevano sapere, i quattro francesi, che la morte stava arrivando verso di loro a una velocità sostenuta, come hanno dimostrato i periti del tribunale, comandata da un timoniere di indubbia esperienza. Non si sono accorti che il cavo del rimorchiatore, che solo all'ultimo aveva tentato di rimettere in rotta la nave facendo ribollire l'acqua densa e oleosa del canale, si era spezzato all'improvviso. Non si sono accorti, poco dopo, che la puntuta prua della nave stava per penetrare, come fossero di burro, le pareti dell'hotel.

In un attimo tutti e quattro sono stati schiacciati dalle macerie. Ecco fatto, così si muore, senza troppi fronzoli o inutili piagnistei. Non come aveva fatto la Cinzia che, a dire il vero, questa faccenda del morire l'aveva tirata un po' troppo per le lunghe. Era stato don Antonio, con le sue accorate preghiere e benedizioni, a mettere in piedi un vero e proprio accanimento terapeutico celeste che aveva costretto la donna a essere trascinata per gli ospedali di mezza regione accompagnata da te che, come se non bastasse, dovevi pure sopportare la faccia astiosa della Felicia.

Nelle diverse sale d'aspetto, mentre ti guardavi le mani prima e la punta delle scarpe poi, pensavi spesso una cosa. Se di chi muore subito, o giovane, si dice che dio lo voleva prima al suo fianco, e sai che consolazione, cosa pensare della Cinzia a cui invece era stato riservato un percorso di sofferenza davvero notevole? Che dio non fosse molto convinto della sua scelta? Che avesse egli stesso delle riserve su quella donna apparentemente così pia, tanto da voler procrastinare il più possibile il suo arrivo in paradiso? Forse, tutte le sue preghiere potevano aver addirittura disturbato dio nello svolgimento di occupazioni assai più importanti, come mandare avanti l'universo, cosa che non deve di certo essere una bazzecola. Pensavi a questo per un attimo; poi ti ricordavi che per te dio non esiste e bestemmiavi fragorosamente.

In ogni caso, a te tocca vivere, questa è la tragedia. Ti tocca proprio percorrere ogni giorno i trecento metri che dalla tua casa ti conducono alla prima sedia della Taverna, i cinquecento metri che separano il tuo cortile dalla diga dove vai a pescare, i duecento metri che ti ci vogliono per arrivare al supermercato dei Tedeschi. Raramente ti soffermi a osservare ciò che ti circonda: i portoni serrati, le pareti delle case lungo le quali sale e si cristallizza il salso, le grondaie che si arrampicano sui tetti, e poi il cielo e le nuvole che rapide passano sopra la tua testa.

Esci di nuovo in cortile e rivolgi un rapido sguardo alla cuccia della Gigia, da cui ora esce soltanto una zampetta immobile. Il caldo del pomeriggio ti impedisce di stare dentro casa e preferisci abbandonarti su una piccola sedia di legno che un giorno hai recuperato da un cassonetto e che hai posizionato a lato della pompa a mano con cui recuperi l'acqua dolce direttamente dalla falda. La gente, di questi tempi, butta via di tutto e compra cose nuove solo per sfizio. È ammattita, la gente. Quando eri più giovane le cose si aggiustavano anche cento volte. Ora no. Ora si buttano come la sedia su cui sei seduto, rifiutata dal mondo solo perché un po' traballante.

Ti siedi e guardi attraverso le sbarre del cancello il muro della casa di fronte. Pensi alla Gigia, forse, oppure ti godi il silenzio, quello più turpe, frutto di un assassinio, così simile a quello che c'era dopo le botte alla Cinzia.

Alzi la testa. Il cielo è azzurro e senza nuvole; la tettoia verde di plastica ondulata è piena della merda dei gabbiani, il muro della casa di fronte è attraversato da un raggio di luce. Ecco, il tempo, il gran mentitore, smette di esistere, o meglio prende ad attorcigliarsi come un serpente, come un'anguilla. Il tempo dei vecchi si misura in dondolii di sedie, in passaggi di donne nella calletta, in voli scomposti di rondine; è senza direzione il tempo dei vecchi.

I tuoi occhi si stanno per chiudere, quando senti le voci di alcuni ragazzini che corrono lungo Calle del Forno. Uno di loro fa rimbalzare un pallone dentro il tuo cortile. Con un'agilità sorprendente ti alzi dalla sedia, lo afferri ed entri per un attimo in casa. I ragazzini se ne stanno fuori dal tuo cancello interdetti. Dopo un minuto esci e, davanti ai loro occhi, squarci il pallone con il Wüsthof acquistato in offerta, promettendo a questi giovani che avresti rotto il culo a loro e alle loro madri se fossero ancora passati nella tua calle. E i ragazzini che non hanno più rispetto per i vecchi, rincretiniti dai videogiochi e dalla robaccia che trasmette la TV, ti urlano addosso che sei un vecchio di merda, un bastardo, e poi scappano sghignazzando.

Ti siedi ancora sulla sedia, guardi per un attimo il pallone sgonfio al centro del cortile, tra fili d'erba matta e macchie di unto. Questa volta hai il fiatone e gli occhi sembrano poterti uscire dalle orbite. Hai riconosciuto uno di quei ragazzi: è il nipote della Wanda, quella grande troia, amica d'infanzia nonché prima confidente della Cinzia, che con la tua famiglia ha pure un debito di riconoscenza.

Una vita fa, infatti, tuo padre aveva aiutato il padre della Wanda ad affondare il suo peschereccio così che non finisse nelle mani dei tedeschi e si potesse recuperarlo in seguito, mentre tuo padre non aveva fatto in tempo ad affondare il suo. Per questo, poi, sei stato costretto a lavorare sotto padrone, spesso in nero, con ripercussioni nefaste sulla pensione.

Pensare che lo Stato del dopoguerra, che di certo non era meglio di quello di oggi, e l'allora sindaco che con il Bertin aveva poco in comune se non l'innata disonestà, avevano promesso a tutte le vittime delle requisizioni lauti indennizzi. È stato così che un giorno don Bruno, che all'epoca era il tuttofare dell'Isola, soprattutto quando si trattava di dover leggere o scrivere, aveva avvisato tuo padre e tua madre che potevano finalmente essere liquidati.

Con il prete al seguito, erano andati in comune, l'Ettore e la Ada, per ricevere dalle mani di un impiegato la bella cifretta che era stata loro promessa, ma che naturalmente era nulla rispetto al valore del peschereccio.

I due non stavano più nella pelle dopo anni di assoluta miseria, tanto che tuo padre, in uno slancio d'imprevedibile generosità, aveva voluto fare un regalo a tua madre: un paio di scarpe nuove di cuoio, comodissime e belle come non ne aveva mai avute in vita sua. Non fosse altro che il furfantesco Stato di cui sopra, dopo un paio d'ore, si era presentato a casa loro sempre nella persona di don Bruno per reclamare indietro l'intera cifra a causa di un errore di trascrizione. Quei soldi non erano loro, c'era un altro nome scritto sopra, era spiacente don Bruno, ma non era colpa sua se quelli del comune avevano sbagliato. Con la promessa che presto avrebbero visto il loro indennizzo, i tuoi genitori avevano restituito la somma, e tua madre era pure tornata al negozio di scarpe sostenendo che le facevano male, che non era più convinta e che le dessero pure i soldi indietro.

Manco a dirlo, i soldi di tuo padre non sono mai arrivati e dopo la morte di don Bruno nessuno aveva più saputo niente. La Wanda, per questo, ti deve indubbiamente qualche cosa: il peschereccio di suo padre si era salvato, quello del tuo no.

Quando è morta la Cinzia, lei ti era venuta vicino e ti aveva offerto il suo aiuto, ti aveva messo una mano sul braccio e ti aveva detto guarda che ci sono, ci sono, anche se non aveva specificato bene per cosa. Più che un gesto di sostegno, però, era un invito a pentirti di tutto il male che avevi fatto alla Cinzia e non solo, perché la Wanda ancora oggi vive nella convinzione che gli uomini siano essenzialmente buoni e sia esclusivamente il demonio a iniettare loro la cattiveria. Era importante, per lei, che tu arrivassi alla morte con l'anima purificata, che anche tu avessi la possibilità di andare in paradiso, anche se non proprio in alto come lei, questo è ovvio.

La sua teoria sull'origine del male, però, ti è sempre sembrata fin troppo semplicistica per essere vera, perché le tentazioni non arrivano solo dal demonio, ché altrimenti non si capirebbero le ultime parole del padrenostro, senza considerare poi che dio non esiste e dunque il discorso non è valido di per sé.

La Wanda, però, mettendo la sua mano sul tuo braccio, aveva anche un altro obiettivo, molto più terreno: la gloria che avrebbe conquistato nel convertire uno come te. La donna probabilmente già si pregustava il momento in cui don Antonio e tutti i parrocchiani, compreso il gruppo ristretto delle amiche del burraco di cui lei è la leader indiscussa, avrebbero strabuzzato gli occhi vedendola entrare in chiesa con te sottobraccio. L'avrebbero guardata come si guarda una santa, figura di cui ritiene di avere, per così dire, il *physique du rôle*.

E insomma, seppellita la Cinzia, la Wanda ti aveva preso il braccio come per invitarti a pentirti; tante volte ti aveva invitato al trigesimo di quello o di quell'altro morto, alla messa della domenica, al rosario, alla coroncina, sempre sicura che prima o poi ti saresti convertito. Saulo, Paolo, insomma. Progressione naturalissima, secondo lei.

Vedrai, vedrai, ti diceva a ogni tuo rifiuto, vedrai che capirai. Poi, proprio quando pensavi di non avere più scampo, perché ci si può difendere tutto sommato facilmente da chi vuol farci male, ma spesso è davvero impossibile farlo da chi vuole ostinatamente il nostro bene, la Wanda aveva desistito, diradando magicamente i suoi inviti e le sue offerte di aiuto. Non ti sei convertito, dunque; e poi, se è vero che esistono le conversioni, è vero anche che esistono casi contrari non trascurabili, come quello dell'Ondina.

L'Ondina, ormai sepolta da un bel po', dopo una vita di preghiere e frequentazioni parrocchiane, tanto da guadagnarsi il titolo ambitissimo di donna più pia del paese – per intenderci, si diceva che sarebbe stato giusto che lei confessasse il prete e non il contrario –, a causa di una gravissima forma di demenza senile (che taluni, però, non esiterebbero a definire senile lucidità), simile a quella che ha preso i prelati rinchiusi nel manicomio vicino alla chiesa, aveva cominciato a bestemmiare in maniera così creativa e grottesca da far arrossire il peggior bestemmiatore dell'Isola, te compreso.

La vecchia entrava in chiesa proprio mentre il prete alzava le mani mostrando la particola, insomma nel clou della messa, e iniziava il suo ritornello di dio di qua, dio di là, tanto che, per fermarla, era stato necessario istituire una sorta di servizio d'ordine, messo in piedi dall'Italo e dall'Arduino, due scagnozzi di ottant'anni ciascuno, ben contenti di vivere una seconda giovinezza come buttafuori parrocchiali.

Insomma, alcuni avevano diagnosticato all'Ondina, col solo sguardo, si capisce, una possessione demoniaca di gravissima entità, tesi questa avallata anche dal prete per cui il demonio è sempre attratto dalle anime migliori, senza contare che lui aveva tutto l'interesse a portare la questione su un piano soprannaturale, nel quale sguazzava tranquillamente, senza alcun pudore. Altri, invece, avevano pensato appunto alla demenza, riconducendola in ogni caso alla volontà divina che, si sa, segue logiche tutte sue.

Solo i più sospettosi avevano ipotizzato che l'età avanzata avesse fatto emergere il vero carattere della donna, che sarebbe vissuta tutta la vita recitando una sceneggiata per ottenere non meglio precisati vantaggi in paese. Perché, argomentavano i benpensanti, se davvero l'Ondina fosse stata una santa, avrebbe opposto una resistenza ben più salda al demonio, anche se era chiaro a tutti che non esistevano più i santi di una volta.

In ogni caso, l'Ondina era morta bestemmiando, tanto che chi aveva sostenuto la tesi della possessione demoniaca aveva perfino ottenuto che il gatto nero che viveva con lei fosse buttato in mare per paura che il demonio avesse trovato riparo proprio all'interno dell'animale, con modalità simili a quelle narrate in qualche passaggio dei vangeli.

Solo lo sbiadito ricordo della sua vita precedente aveva permesso all'Ondina di ottenere comunque un funerale religioso, non senza il giusto corredo di polemiche da parte di chi andava a messa ogni giorno e si sforzava di non dioporcare a ogni piè sospinto.

Tu non ti saresti convertito e ormai lo sapeva anche la Wanda. Verso sera, lei avrebbe suonato il tuo campanello, ti avrebbe chiesto scusa per la maleducazione del nipote e avrebbe preteso a sua volta le scuse da parte tua, non tanto per il pallone, che pure era costato dieci euro, e non è poco, quanto per le parolacce e le bestemmie che avevi inflitto a quell'anima santa, neanche fosse san Vito. Allora tu l'avresti accolta con una corona di *porcodii* ben assestati e lei se ne sarebbe andata scandalizzata dal male che emani.

È arrivata l'ora. Ti alzi dalla sedia, apri il cancello ed esci. Percorri Calle del Forno ancora intontito dal vino che hai bevuto a pranzo. Arrivi alla strada che conduce alla diga. Rischi di scivolare sulle radici affioranti di un enorme platano che, tra l'altro, perde continuamente le sue foglie. Se solo il Bertin, quel ladro patentato figlio di puttana del sindaco, facesse qualcosa, ripulisse le strade, potasse gli alberi, non ci sarebbe questo schifo di foglie marce. Sputi per terra, e quello sputo è rivolto al sindaco e all'albero, che evidentemente ha la sua parte di colpa.

PARTE SECONDA

Ogni pomeriggio, a causa dell'aumento della temperatura, l'Isola si trasforma in una sorta di centro balneare, frequentato, grazie ai collegamenti marittimi con la Terraferma, da quello che ti sembra un ammasso di disperati. Disperati che scendono a fiotti dai battelli di linea e si spargono ovunque, senza ritegno. Intasano, bloccano, soffocano ogni angolo dell'Isola e trasformano l'indigeno, che già si sente una specie in via d'estinzione di per sé, in un panda insicuro e riottoso.

Allora nelle calli più strette volano calci, pugni, sputi, perfino qualche coltellata e s'odono offese gratuite in tutti gli idiomi possibili e immaginabili: una babele di *porcodii*, un bailamme di fanculi, un infinito affastellarsi di merda, cazzo e quello che di peggio si può concepire. Il pomeriggio alghe e gitanti, insomma, ostruiscono ogni luogo, come fa il grasso con le arterie. Ecco, è un attimo che si blocchi la circolazione e che all'intera Isola venga un infarto.

Sul bagnasciuga, da poco restituito dal mare, osservi lo sciabattare dei pendolari che avanzano a fatica sulla spiaggia, trascinando borse frigo piene di Coca-Cola e tramezzini al prosciutto. Non aspettano altro che stendersi sulla sabbia rovente, perché, com'è noto, i bagni di sole aiutano a combattere stress e depressione, migliorano la salute di ossa e muscoli, aiutano a regolare i ritmi biologici e, infine, producono un notevole aumento della libido. Questo spiega perché i pochi turisti nordeuropei che si avventurano sull'Isola non perdano occasione di esporre quanta più pelle possibile al sole.

L'acqua del mare è una distesa grigia, livida, appena attraversata dal fremito di qualche corrente sommersa o di qualche pesce. I bagnanti la attraversano lasciando una scia di crema solare e sudore. Visto ora, il mare non sembra il terribile nemico che è, pronto a sommergere lentamente ogni cosa con maree crescenti fino al definitivo annegamento della specie umana.

L'aria è appiccicosa, stantia. Le bandiere dei bagnini penzolano inerti come canovacci da cucina; dalla sabbia salgono un calore asfissiante e il continuo vociare di adolescenti brufolosi che bestemmiano, fumano e bevono birra. Alcuni di loro raggiungono a nuoto un container arancione appena affiorante dalle acque per fare i tuffi. I bambini, invece, giocano con schegge di vetro, tappi di plastica, lattine di birra, rami contorti che paiono ossa dissotterrate, i resti di un mondo che è morto senza che nessuno ci abbia fatto caso.

A te non è mai piaciuto stenderti al sole senza far niente. Andavi in spiaggia quando la Simonetta era piccolina solo per fare contenta la Cinzia, che non si dica che non sei stato un buon marito, come invece sostengono la Wanda e le altre megere del clan di don Antonio. Un'estate di molti anni fa, la Simonetta si era persa tra gli ombrelloni. Tu e la Cinzia l'avevate cercata come pazzi, urlando il suo nome. La Cinzia ansimava, tu no. Tu eri tranquillo perché sapevi bene che in alcune situazioni il panico è il nemico più grande. Anzi ripetevi ad alta voce che, non appena l'avessi vista, le avresti dato una sberla per essersi allontanata.

Dicevi così eppure dentro la tua testa pensavi già al peggio. Presto l'avresti vista galleggiare, tua figlia, sull'acqua torbida del mare o magari ti avrebbero riportato il suo corpicino senza vita accusandoti pure di essere un padre disattento. In ogni caso, avresti dovuto far fronte al pianto e alle preghiere della Cinzia e alle condoglianze di tutto il villaggio. Tua moglie non sarebbe sopravvissuta a un simile evento. Avresti dovuto organizzare il funerale della piccola da solo. La Simonetta sarebbe morta bambina, così come era successo a tuo fratello Angelo.

In passato, la morte di un bambino era quasi una benedizione nelle famiglie di pescatori. Una bocca in meno da sfamare, chiaramente. I tuoi genitori avevano steso l'Angelo sul tavolo della cucina, lo avevano vestito di bianco e gli avevano attaccato due ali di cartone. Avevano pure addobbato la povera casetta con dei fiori di carta. Le donne dell'Isola erano arrivate in casa per pregare il piccolo di farsi latore delle loro richieste di grazia, data la normale, e comprensibilissima, predilezione del creatore per i più piccoli. Così era andata per tuo fratello, che non aveva fatto in tempo a odiare e a farsi odiare in questo mondo. Sarebbe andata così anche per la Simonetta.

All'ennesimo richiamo, però, tua figlia ti aveva risposto, venendoti incontro, mentre anche la Cinzia vi raggiungeva. Alla fine non eri riuscito nemmeno a darle una sberla.

Ora in spiaggia non ci metti davvero più piede. Guardi distrattamente la fila degli ombrelloni e osservi il comportamento incomprensibile delle badanti stese sulla sabbia che mangiano porcherie, di un padre sofferente che insegue un bambino, di un paio di bagnini che ridono insieme ad alcune turiste in topless.

Dopo qualche minuto, arrivi alla diga ma sai già che il pomeriggio è impossibile pescare. Sopra ci corrono, in maniera scoordinata e ridicola, giovani donne in leggings con il culo grosso; ci camminano pensionati che portano a spasso i cani dei loro figli, come se fossero nipotini.

Ci sono cani grandi e cani piccoli, innanzitutto. Poi cani dolci, morbidi, col pelo lungo, e cani rasati, scattanti, nervosi. Ci sono cani silenziosi e alteri, come sacerdoti, altri miseri e spelacchiati, come barboni. Ci sono cani amati, portati in braccio o addirittura in passeggino perché non si sporchino o non si scottino le zampine con la sabbia, e cani reietti, dimenticati, destinati a un randagismo senza ritorno.

Ci sono cani soccorritori, cani poliziotto, cani da guardia, da caccia, da pesca (esistono, ti chiedi, anche i cani da pesca?), e poi cani da divano, padroni indiscussi del telecomando o da montagna, con un fiuto eccezionale per i porcini; cani da cestino di bicicletta o da macchina. Cani da tennis.

Cani con cui condividere tutto, da far sedere a capotavola; cani che quando muoiono si sta più male che per il nonno che d'altronde ultimamente era diventato rabbioso; cani ricoverati in cliniche svizzere, cani da logopedista, cani colti, affascinanti, da perdere la testa. Cani che si meriterebbero il diritto di voto, certamente una mutua e un'accompagnatoria perché costretti a trascinare qua e là il padrone tutto il giorno; cani a cui fare il compleanno, i regali a Natale, l'uovo a Pasqua, il matrimonio. Cani da far eiaculare, penetrare da altri cani altrettanto cani, per la prosecuzione della razza, che il mondo senza cani, davvero non potrebbe esistere.

Sputi sulla diga e torni indietro. Dopo qualche minuto, arrivi al camposanto dov'è sepolta la Cinzia. Ferme sulla porta del cimitero, proprio sotto il crocefisso formato da due barre di acciaio saldate tra loro, ci sono due zingare. Due zingare di merda che non si sa come siano capitate sull'Isola, e soprattutto che cosa siano venute a fare, se non a rubare.

Le nigeriane del camper vicino al cantiere saranno anche negre, pensi, ma almeno hanno uno scopo ben preciso, quello di svuotare gli scroti di vecchi e disperati che altrimenti non saprebbero come sfogarsi. Non serve insomma che le nigeriane del camper tornino a casa loro. Stanno bene dove sono. Anzi, se non ci fossero bisognerebbe importarle direttamente dall'Africa, convogli speciali per altrettanto speciali servizi al cittadino. Ma le zingare no. Le zingare non servono proprio a niente. Fanno sporco e basta.

Passando accanto alle due donne, ti aspetti che ti chiedano l'elemosina, e invece non ti degnano di uno sguardo; questo ti conferma che sono ladre, perché altrimenti l'elemosina te l'avrebbero chiesta. Forse il Tocia ha ragione quando alla Taverna dice che bisognerebbe riattivare i forni, buttarci dentro tutta 'sta gentaglia, purificare un poco la specie umana inquinata come le falde dell'Isola, come la spiaggia dalla plastica che arriva dal mare. Disinfestare, pulire il mondo finché la sua superficie non assomigli a quella lucida di una palla da biliardo.

Il cimitero a quest'ora è deserto. Il sole e il caldo tengono lontani i vivi da questo luogo e anche i morti, se potessero, andrebbero in posti più confortevoli, è certo.

Avanzi sbilenco, gettando occhiate distratte ai loculi e a malapena riesci a distinguere nomi e foto. Tutti questi morti hanno amato, hanno odiato. Alcuni erano persone buone, mansuete, intelligenti. Altri erano assassini perfidi, ottusi, gretti. Eppure, in cimitero si ricompongono le differenze, si cancella tutto il passato, davvero tutto, e si riparte da zero, ecco. Forse sarà lo stesso per te.

In fondo intravedi un operaio in tuta arancione, lo stesso arancione dei fiori di plastica che vibrano qua e là alla brezza. Lo riconosci: è uno dei due che avevano sepolto la Cinzia. Lo trovi invecchiato. Anche i becchini invecchiano. L'operaio spinge un carrellino con un paio di secchi, pale e cazzuole. Tutto il necessario per scavare una nuova fossa, dare il benvenuto a un altro ospite, anche se non hai visto nuove epigrafi sulla porta della chiesa e tu, di epigrafi, vai proprio alla ricerca, perché la morte è, prima di tutto, una notizia che corre di bocca in bocca, che permette a chi rimane di dimostrare tutta la sua umanità e la sua posizione sociale. Alla fine, durante un funerale, il morto è una semplice comparsa.

Ti fermi davanti a una lapide. Come gli elefanti, anche tu riconosci le ossa dei tuoi morti, perché anche da morta la Cinzia resta tua, ci mancherebbe altro. Se solo potessi batterla ancora, probabilmente la puniresti per la sua prolungata assenza, le chiederesti dove è stata tutto questo tempo, lasciandoti in balia di te stesso. Non si può sapere dove sia la madre di tua figlia, quella donna sempre più appassita, rimpicciolita dalla malattia in maniera così indecente. Dove siano le sue guance, i suoi fianchi, le sue mani, capaci di impastare, grattugiare, mescolare, stirare, lavare, spolverare, pulire, aggiustare, acquistare, massaggiare, benedire, mendicare, eccitare, compatire, infarcire.

L'ossigeno ti manca davanti a quel marmo bianco, davanti a quella foto del suo penultimo compleanno dove lei era venuta pure bene; gliela aveva fatta la Simonetta con la macchina digitale; una foto perfetta per il passaporto verso il mondo dei morti, dove la bellezza ha il suo peso, non si creda. Una foto da cui tu sei stato provvidenzialmente tagliato, solo perché non è ancora venuto il tuo turno.

Vicino alla Cinzia, riposano morti vecchi, tutti nati a metà Ottocento. Nelle foto dei morti più recenti c'è un'aria più festosa. I morti di una volta, quando si mettevano in posa per quelle foto in bianco e nero, col vestito buono, avevano spesso un'espressione torva e compunta, quasi sapessero, e anzi lo sapevano di certo, che la destinazione finale di quello scatto sarebbe stata la loro lapide. Sapevano che ci sarebbe stato poco da ridere, perché morire vuol dire prima di tutto uscire dalla ridicolaggine dell'esistenza.

Ti pieghi e ti appoggi alla lapide di tua moglie. Oggi lei non avrebbe neanche ottant'anni. Da bambina, aiutava la madre sarta a confezionare o a sistemare gli abiti. Stringeva gonne, accorciava pantaloni e cose del genere.

Te la ricordi la Cinzia quando, da ragazzina, frequentava con te l'oratorio per ricevere i sacramenti. L'oratorio era adiacente alla canonica, una piccola casetta bianca dove allora dormiva don Bruno e dove ora dorme don Antonio. Entrando attraverso il cancello, rivolgevi sempre uno sguardo impaurito alla targa con il nome della parrocchia e l'immagine di una colomba irradiata dal sole, che pure ti pareva un falco pronto a sferrare l'attacco mortale a una preda lontana.

Frequentavi il catechismo con lei, ma in maniera molto diversa. Una volta seduto al tavolone della stanza fredda e inospitale, tu cominciavi a parlare con tutti di argomenti scabrosi, per poi rivolgere uno sguardo disinteressato a don Bruno che iniziava la sua predica. La Cinzia invece no. Si vedeva che credeva davvero alle parole del prete. Spesso la trovavi assorta, a osservare con lo sguardo estatico di santa Teresa il grande crocefisso appeso alla parete.

Come te, anche lei sussultava ogni volta che sentiva pronunciare la parola vergine per la vaghissima carica sessuale che porta con sé. L'avevi sverginata tu la Cinzia. Prima di conoscerti, anche lei, come le sue coetanee, si sarà osservata almeno una volta nuda di fronte allo specchio. Avrà sentito nascere dentro di sé qualche pulsione, per poi ricordarsi delle prediche di don Bruno e pensare a Maria, che le avevano descritto come una donna eterea, assolutamente immateriale, del tutto libera dalle passioni, insomma. Allora lei avrà provato un vago senso di colpa, mentre tu, da buon animale quale sei ancora oggi, ti masturbavi in compagnia dei tuoi amici in mezzo agli orti, dietro il fortino convertito in deposito degli attrezzi. Non ti sei mai preoccupato di censurare i tuoi istinti.

Un pomeriggio, a catechismo, l'avevi pure fatta piangere. Don Bruno imponeva una sorta di raccolta punti per ottenere i sacramenti. Al termine di ogni lezione del catechismo, distribuiva a ogni ragazzo un santino. Un giorno era il turno del cuore di Gesù, un altro quello di santa Rita da Cascia, un altro ancora quello di don Bosco. Per accedere ai benefici della comunione e della cresima, definita meno comunemente confermazione, bisognava collezionarli tutti, quei maledettissimi santini.

La Cinzia li teneva gelosamente in una scatola di latta celeste. Per farle uno scherzo, avevi aspettato che venisse rapita da uno dei suoi momenti di estasi mistica e le avevi rubato una santa Caterina. Lei se n'era accorta al termine della lezione, quando amava riepilogare il numero complessivo dei suoi santi. Don Bruno, informato del misfatto, ne aveva approfittato per dire che tra le anime belle del catechismo c'era un giuda traditore.

La Cinzia era bella da giovane, quando l'avevi conosciuta – o plagiata, secondo certi invidiosi –, era bella, non quanto la Evelina o la Fernanda, la Anna o la Sabrina, ma comunque bella, sebbene un poco insipida, a dire la verità, anche se molto meno della Felicia, la sua sorella più giovane, che ancora ti odia con tutta se stessa, tanto che quando passi vicino alla sua casa nelle ore più calde e lei se ne sta fuori con le amiche di sempre, la Ines, la Maria e la Piera, distoglie lo sguardo per non salutarti, mentre con la bocca compone maledizioni di ogni sorta.

Più volte avevi portato la Cinzia in fondo alla diga, vicino al faro, facendola uscire di casa di nascosto. In quelle occasioni, lei ti guardava sempre con occhi buoni e si affidava completamente a te. Non fiatava la Cinzia. La baciavi e lei apriva la bocca. Ricordi le sue labbra leggermente sporgenti come uno scivolo progettato per soddisfare le tue fantasie più lubriche; labbra morbide, giovani, che graffiavi con la tua barba dura. Godevi quando lei, dopo l'amore, ti diceva: guarda cosa mi hai fatto, mostrandoti il volto irritato dalla barba o il seno arrossato dalle tue strette.

Con le sue piccole mani, le facevi toccare il tuo uccello, che le pareva viscido come un'anguilla e che come le anguille amava uscire dalla tana nelle notti senza luna, amava il buio e la clandestinità. Lei mentre te lo toccava si ripeteva che era normale, era quello di cui parlavano sottovoce le ragazze in piazzetta la domenica. Non voleva sfigurare, la Cinzia.

Poi la adagiavi su un masso e la penetravi. Non si lamentava mai, neppure di essere scomoda, neppure di dover respirare a pieni polmoni il puzzo di alghe marce che saliva nelle sere di bassa marea. Solo ogni tanto il suo sguardo si perdeva nel vuoto delle stelle che le parevano briciole sulla tovaglia della creazione, mentre si chiedeva, forse, che cosa avrebbe detto don Bruno se l'avesse vista in quella posizione, oppure che cosa avrebbe fatto la Vergine al suo posto.

Una notte, una vecchia insonne vi aveva visti mentre vi aggiravate furtivamente tra le case del villaggio; e questa vecchia l'aveva detto a un'altra il giorno dopo, perché aveva riconosciuto la Cinzia, che per lei era semplicemente la figlia un po' tonta della Maila. E quest'altra vecchia l'aveva detto alla Luigia, che poi era la vicina di casa proprio della Maila che, interrogata la figlia, aveva saputo così che eravate fidanzati. Suo padre, allora, aveva chiesto spiegazioni al tuo e, insomma, eri stato inchiodato alle tue responsabilità.

Del resto, tutti si dicevano piuttosto sicuri che sposando la Cinzia avresti fatto un affare. Te lo diceva innanzitutto tua madre, che la considerava una ragazza brava, di ottima famiglia, seria e pia. La Cinzia, infatti, insieme alla Maila, si faceva vedere tutte le domeniche in chiesa alla messa e poi alle attività della parrocchia, ai rosari e alla sagra della Madonna dell'Apparizione.

Ancora oggi, la gente dell'Isola pensa che alla domenica sia necessario alzarsi presto, anche se un po' più tardi del solito, farsi la doccia, mettersi in ghingheri, raggiungere la chiesa, entrarvi e partecipare alla messa; quindi ricevere la comunione dalle mani pretesche, fingendo subito dopo di raccogliersi in preghiera, rapiti da un'estasi folgorante quanto momentanea. Questo prevede la dottrina per aver garantita la redenzione, non prima di essersi confessati, ovviamente, che altrimenti è pure peggio. Tutto questo lo avevano spiegato alla Cinzia a catechismo.

Poi, una volta usciti con gli abiti impregnati d'incenso, i credenti avrebbero potuto ricominciare a sparlare di quello e di quell'altro, perché la purezza dell'anima porta in dote il diritto universale di giudicare, e questo a catechismo lo fanno solo intendere.

La gente della messa, come la Wanda per esempio, con le sue amiche del gruppo del burraco, è davvero certa di andarci in paradiso, ammesso che a una persona sana di mente possano davvero interessare i premi dell'aldilà, gustosi sicuramente, ma fuori tempo massimo. Tutti vogliono andare in paradiso, ma nessuno muore davvero dalla voglia di andarci, di vedere com'è fatto, questa è la verità.

E insomma, te lo diceva tua madre che la Cinzia era un buon partito da sposare quanto prima, e te lo diceva tuo padre, per cui una femmina di quel tipo era un investimento che avresti dovuto suggellare figliando quanto prima, quasi fosse una giovenca, come del resto aveva fatto lui, perché esistono donne da figli e matrimonio e donne da ficcare soltanto, e la Cinzia apparteneva senza dubbio al primo tipo. Una sera te l'aveva detto proprio così, tuo padre, mentre seduto a tavola toglieva la crosta a un pezzo di formaggio: esistono donne da figli e matrimonio e donne solo da ficcare.

Che la Cinzia fosse la donna giusta per te, lo dicevano perfino i tuoi compagni del bar Stella, perché una moglie bisogna in ogni caso che sia di quel tipo là, del tipo della

Cinzia, magari un po' beota, forse non bellissima, o almeno non bella come la Evelina o la Fernanda, la Anna o la Sabrina, ma meglio così, perché, altrimenti, poi ci si ritrova ad avere più corna di un secchio di lumache.

Solo la Felicia, quella vipera, tramava contro il matrimonio; dall'alto dei suoi quindici anni insisteva nel suggerire alla sorella di pensarci bene, e alla madre di pensarci bene per la figlia, tanto che tutti erano convinti che la Felicia fosse gelosa di te, che eri davvero un bell'uomo.

Dopo un poco, avevi cominciato a farti vedere in pubblico con la Cinzia: una passeggiata o un gelato, sempre sotto lo sguardo di sua madre e di suo padre, che ci tenevano alla reputazione della famiglia, perché la reputazione è tutto. Poi, ti eri sposato e ti eri trasferito in una casetta di tre piani colorata d'azzurro. In un primo tempo, avevi pure seguito tua moglie a messa, diradando in seguito la tua partecipazione alle funzioni fino a rinunciare completamente alla cura della tua anima.

Te l'eri sposata così la Cinzia, mica perché volevi davvero. Tu al matrimonio ancora non ci pensavi; e se quella vecchia non ti avesse visto con lei o almeno non avesse sentito il bisogno di condividere quanto sapeva con quell'altra che, il giorno dopo, l'aveva detto alla Luigia in modo che la notizia raggiungesse la Maila, allora molto probabilmente avresti aspettato ancora prima di porti il problema. E, in ogni caso, se fossi stato davvero libero di scegliere, di certo non ti saresti sposato con una come la Cinzia, sebbene si possa dire che proprio questa mancanza di libertà sia stata la tua più grande fortuna: la Cinzia era davvero la donna giusta per te, l'unica moglie che uno come te potesse avere.

Una volta, la Felicia era capitata a casa tua. La Cinzia non c'era e tu l'avevi fatta entrare. L'aveva punta una medusa ed era venuta da te per chiedere aiuto. Aveva una brutta ustione sul collo, la poveretta. L'avevi portata in bagno e le avevi pisciato addosso, dirigendo poi il getto sul seno, col pretesto di calmarle il bruciore. Lei aveva urlato, ma tu le avevi fatto promettere di non dire niente. Sei sempre stato bravo a far paura alle persone, a oscurare e opacizzare il mondo intero.

Dalla Cinzia avevi avuto solo una figlia, nonostante i tantissimi tentativi di allargare ulteriormente la famiglia. Alla fine come femmina da riproduzione non era stata un granché la Cinzia, se ci pensi bene. Era rimasta incinta tardi, dopo aver visitato più volte la casa della Verdiana, vecchia nutrice dell'Isola che, con i suoi rituali, prometteva di aumentare la fertilità.

Tu avresti tanto voluto un maschio per insegnargli quelle quattro cose che sai sulla vita e sulla pesca che ti sembravano un patrimonio troppo prezioso per donarlo al primo che passa. E invece ti era nata una femmina a cui non avevi potuto insegnare niente: fin da piccola la Simonetta aveva odiato l'acqua e la pesca tanto da andarsene, poi, in Terraferma e unirsi a quell'essere immondo con cui aveva fatto a sua volta una figlia che esita perfino a chiamarti nonno.

Sei ancora piegato sulla lapide di tua moglie. Apri i palmi e li appoggi sul marmo freddo. Guardi quel marmo, le sue irregolarità e poi le tue mani e la loro pelle cadente che pare stesa sopra le ossa come un velo. Stai pregando, incredibilmente, perché le tue labbra si muovono come se parlassi. Ma si tratta di una preghiera infetta, profondamente eretica:

Padre Nostro, che sei nei cieli, perché qui non vieni, non ti abbassi a tanto ed è meglio, in fin dei conti, per noi poveri peccatori – improvviso urla il vento, s'alza la bufera, s'accende il lampo fatale – sia santificato il tuo nome, il tuo nome come quello di tutti i morti pronunciato assieme a disperate grida d'aiuto, grida sputate da bocche atterrite, da labbra tremanti. Venga il tuo regno, crollino le mura, avanzi il nemico assassino: in mano fiaccole e spade, pece e croce per bruciare e poi benedire, mandare nell'abisso questa isola morente, anzi sommersa e già morta. Sia fatta la tua volontà e per questo imploriamo pietà, ci prostriamo all'inevitabile con la flebilissima speranza che tu, Dio, ti possa dimenticare di noi, possa rimanere lontano come in cielo così in terra, nella nera terra, ricettacolo perfetto dei nostri corpi già disfatti; terra densa, grassa, un tempo fertile, irrorata da scuri rivoli di sangue, nutrimento osceno di radici e beccamorti, e intanto dacci oggi il nostro pane quotidiano, la sofferenza che si acuisce di ora in ora, ché lo sconquasso s'è diffuso, cresce, s'alza per poi precipitare in un vociare sconnesso, in versi terribili conseguenza di rapide e brevi recisioni di gole. Rimetti a noi i nostri debiti, a noi, popolo semplice, che in fondo non ha niente, non ha niente oltre a qualche anello graffiato, una busta ingiallita con pochi risparmi di vecchio; rimetti a noi i debiti come noi li rimettiamo ai nostri debitori che invece ci attanagliano, ci assediano ci sterminano, bruciano e violentano, depredano e rapiscono, ingoiano e sputano. E non ci indurre in tentazione perché le nostre fragili armi nelle rastrelliere sono oggetti adatti agli sgombri o alle orate, e inutili a proteggerci dal male e dal mare. Tu

liberaci dal male! Dal mare! Con la morte? La morte! Che
è la morte? La nostra sorte si compirà alla resa dei conti, al-
l'atto finale, all'ultima scena.
Amen.

Come succede sempre più spesso, il senso di colpa ti
raggiunge alle spalle, ti rende il fiato corto, ti fa salire la
pressione. L'ombra di quel fatto, di quel fatto atroce, ti
perseguita. Scuoti la testa, chiudi gli occhi più volte ma il
pensiero non ti abbandona.

Sei quasi incapace di stare in piedi, forse stai per morire. Morissi qui, adesso, sarebbe una fine degnissima, lo
sai. Guardi ancora le tue mani, i peli sulle falangi, le unghie nere; e il marmo, le sue forme, le sue striature; e poi
le lettere di bronzo della lapide che compongono il nome
della Cinzia. La C brilla al sole, scotta; è attaccata con un
poco di silicone e se la tocchi si muove leggermente.

L'operaio in tuta arancione ti raggiunge, ti chiede
come stai, forse per sapere se deve iniziare a scavarti la
fossa. Tu lo mandi via in malo modo. Tua moglie, la Cinzia, era stata presa in giro da quelli che le avevano promesso addirittura la vita eterna, da quelli che avevano fin-
to di pregare per lei, a cominciare da don Antonio.

Bisogna vendicarla, la Cinzia.

Esci dal cimitero, riprendi la bicicletta e ti avvii verso
la Taverna, come ogni pomeriggio. E, in effetti, hai solo
due possibilità a questo punto della giornata: quella di andare verso l'American Bar o di scendere verso la Taverna.
L'American Bar e la Taverna sono i due poli dell'Isola,
luoghi antitetici per vocazione.

Quando eri più giovane, ma non troppo giovane, an-

davi all'American Bar e lì passavi pomeriggi interi a venerare il Campari; ora non puoi che scegliere la Taverna,
che è senza dubbio il locale più adatto a te e a chi vive in
un mondo di puttane e falliti, di sole puttane e di soli falliti, come quello in cui vivi tu. Del resto, conosci bene
l'American Bar. Conosci la cordialità del Gino, che lo
spritzzetto te lo porta perfino al tavolo, e le buone maniere della Carlotta, sua figlia, che ci sta a tutte le battute, anche le più sporche. Ma ora che hai preso a frequentare la
Taverna e i suoi discretissimi titolari cinesi, la cordialità
del Gino si è trasformata in eccessiva confidenza, mentre
della Carlotta, per quanto disposta a stare al gioco, ti in-
fastidisce la naturale ritrosia a farsi palpare il culo, anche
solo per un attimo.

E poi, ben due tavoli dell'American Bar traballano in
maniera indecente e il Gino spesso si deve chinare sul più
sudicio dei pavimenti per rimediare con i sottobicchieri
della Paulaner. No, non ci saresti andato più all'American
Bar. D'altronde alla Taverna c'è un clima ben diverso, nonostante il vinello bianco sia di qualità peggiore; lì hai trovato il tuo posto ideale che, se ti appoggi con la schiena
alle perline di legno, ti permette di osservare perfettamente l'intero locale, di farti un'idea di chi va e di chi viene,
di non perderti, quindi, un passaggio del Tocia o del Gaetano, o di entrambi, quando capita. Anche se il Gino
dell'American Bar ti riservasse il suo tavolo migliore,
quello vicino alla finestra, dove, occorre ammetterlo, si
gioca a carte meglio che in un casinò, non ci metteresti
piede lo stesso, perché lì i vecchi avvinazzati e i bestemmiatori seriali si avvinazzano e bestemmiano in un modo
molto diverso da quello della Taverna, un modo che a te
non va proprio giù in questo momento particolare della

tua esistenza nel quale ti impegni più di ogni altra cosa a schivare la compassione.

Il fatto è che all'American Bar non c'è ancora un sufficiente livello di disperazione, il dolore è ancora troppo fresco e non è ancora entrato in circolo negli avventori; alla Taverna, invece, i muri trasudano disperazione, le tovagliette lise sopra i tavoli, i bicchieri sporchi, le facce orientali dei camerieri, tutto trasuda dolore e senso di fine. Sarà per questo che alla Taverna, quando parli dei clienti dell'American Bar li chiami "quelli dell'American Bar", con un'inflessione della voce che tradisce il disprezzo che può permettersi solo chi abbia già raggiunto uno stadio successivo nell'evoluzione del dolore.

All'American Bar ci si invidia per la famiglia, per la pensione, per la figlia che ha trovato lavoro in città, per i mobili nuovi, per la bicicletta con la sella aggiustata, tutte cose delle quali alla Taverna nemmeno si parla più, perché alla Taverna ci si invidia per la dentiera nuova, per qualche capello in testa, per l'assenza del Parkinson, per la possibilità di pisciare ancora autonomamente.

E poi ti è sempre parso che all'American Bar sia presente una perversa e quasi donnesca curiosità, non sana per chi come te vuole celare il più possibile la sua vita agli altri, e che alla Taverna, invece, si sia curiosi in un altro modo e si facciano domande, quello sì, di cui però ci si dimentica subito. Ogni argomento si esaurisce in un gesto o in un rutto, alla Taverna.

Ci arrivi dopo aver attraversato due callette, un campetto e aver girato attorno a un pozzo, essere salito e sceso da due marciapiedi, aver oltrepassato un sottoportico. La Taverna è un luogo senza dubbio accogliente, con le sue pareti rivestite di perline in legno, un luogo frequentato da tuo padre prima di te, e forse anche da tuo nonno. È uno dei punti di riferimento della vita sociale del villaggio, la Taverna, assieme ovviamente all'American Bar e alla chiesa dove, però, nonostante i bei discorsi e le altrettanto suadenti promesse, ci si annoia un poco di più perché non si può bere, né fumare, né tantomeno bestemmiare a voce alta.

Un tempo, ti saresti piazzato davanti allo schermo della slot per giocarti i pochi soldi che riuscivi a mettere da parte. Davanti alla macchinetta, attratto dalla musica, dai colori e dalla promessa di un guadagno anche minimo, fumavi una sigaretta dietro l'altra, infilando ritmicamente le monete nella fessura. Il fumo d'altronde era l'incenso per venerare una divinità così munifica.

La Cinzia, neanche a dirlo, ti rompeva i coglioni a causa della tua passione per il gioco. Spesso compariva davanti alla porta del bar, seduta sulla bicicletta. Ti pregava di tornare a casa e di non buttare via i soldi. Ma la gente di mare come te, che conosce bene l'imprevedibilità dell'esistenza, l'affanno, la paura di perdere ogni cosa – perché non esiste pesca abbondante che non possa essere vanificata da un improvviso fortunale – la gente di mare come te, una volta a terra, ha il bisogno fisiologico di spendere, di rischiare, di godere quanto più possibile con donne, gioco e vino, perché la prossima volta in mare potrebbe essere l'ultima. Non a caso, alla Taverna spesso ripetevi con i tuoi compagni che chi va in mare naviga e chi sta in terra giudica, e le donne, soprattutto le donne, sono bravissime nell'arte di giudicare senza aver mai provato la fatica vera, quella che ti crepa gli occhi e che ti frantuma le ossa.

La Cinzia questa cosa, come tante altre, proprio non la

capiva, e quindi, una volta a casa, c'era bisogno di batterla come il baccalà, perché, come del resto ti dicevi con i tuoi compagni della Taverna, le donne stanno bene pestate, proprio come il baccalà. E la battevi tanto più forte quanto più avevi perso, perché nell'economia globale della sorte, era stata lei a portarti sfiga, ci mancherebbe.

Lei era dovuta morire per non farti più giocare. Da quel momento, non avevi speso più un euro alle macchinette, e non perché ti avesse impressionato la parabola dei talenti, la più venale delle parabole, scelta del tutto impropriamente da don Antonio al suo funerale. Mai più una partita da allora, l'ultima beffa alla Cinzia.

Superi dunque la slot senza degnarla di uno sguardo e ti dirigi verso il bancone. Non dici nulla, ma la cameriera cinese ti ha già messo in mano un bicchiere di bianco, servito direttamente da una bottiglia di plastica dell'acqua Guizza. Tu lo afferri e ti siedi al tuo posto, quello dal quale riesci a vedere tutto il locale, proprio davanti a un quadretto della nazionale del 2006 e all'orologio della Lavazza che vorresti segnasse già le sei, le sette, le nove di sera in modo che anche questo giorno finisse, finalmente. Le immagini che scorrono alla TV diventano a ogni sorso di vino sempre più sfocate, incomprensibili come le parole che si rivolgono i cinesi dietro il bancone.

Quel cadavere ambulante del Gianduia, due tavoli più in là, sta tenendo il solito comizio, parlando col giornale in mano quasi che questo gli dia maggior autorevolezza. E insomma, per lui è assolutamente necessario affondare i barconi che arrivano dall'Africa e che portano solo sporcizia nella nostra patria cristallina. Morto qualche migliaio di negri, gli altri capiranno, dice. Che poi, continua, i negri e i musulmani vengono qui, *diocan*, e non rispettano le nostre donne e la nostra chiesa, *diocan*. Vanno in giro mezzi nudi a stuprare le nostre ragazze, *diocan*, che se una viene in Italia, dice, il velo se lo deve levare, *diocan*, prova ad andare in Arabia e a costruire una chiesa, ti uccidono subito, *diocan*, mentre a loro gli togliamo pure il crocefisso e il presepe nelle scuole, gli diamo la casa, il lavoro e anche le donne gli diamo, siamo il paese della cuccagna, altroché, il paese della cuccagna, che poi alle donne gli piace il cazzo nero, tra poco ci troveremo figli caffellatte; ci facciamo mettere i piedi in testa come dei vermi, senza fare niente. Uno sterminio di massa, *diocan*, ci vuole, uno sterminio, senza pietà, perché morte loro, vita nostra.

Il Tocia, affettuosamente chiamato dagli amici il Tubercoloso, annuisce e precisa, come ogni giorno, che, se fosse per lui, rimetterebbe in funzione i forni, i forni dei tedeschi, per gli zingari, i recchioni e tutti i politici, che zingari, recchioni e politici sono tutti da sterminare nella stessa maniera.

Il Maurizio prima rutta e poi interviene dicendo che della situazione nefasta nella quale si trova il mondo la colpa è dei giovani di oggi che non vogliono faticare, non vogliono sporcarsi le mani e spaccarsi la schiena come aveva fatto lui a suo tempo. E poi, i ragazzi di oggi non scopano, o se scopano scopano male, sono timidini, sono intimamente recchioni loro, quando le donne non aspettano altro che di essere prese, portate in spiaggia, buttate sulla sabbia con una mano sulla bocca ed essere scopate come cagne; soprattutto le più giovani si vede che bramano il cazzo ma che in giro trovano soltanto femminucce.

Lui prima o poi avrebbe fatto vedere a una di queste donne cosa vuol dire stare con un vero uomo. Anzi, con un vecchio perché, secondo lui, gli uomini con l'età diventano più porci, fanno di tutto, proprio di tutto, leccano, baciano, slinguazzano, strusciano, mordono, aprono, penetrano ogni cosa e le giovani di adesso, ne è sicuro il Maurizio, così schizzinose, andrebbero in visibilio, non riuscirebbero a camminare per una settimana.

Un altro rutto lo interrompe e ciò dà la possibilità al Fasiolo di partecipare alla discussione raccontando dell'ultima volta che ha ritirato la pensione alle poste e gli ci sono volute due ore. Se fosse per lui, entrerebbe alle poste con un mitra e impallinerebbe tutti gli impiegati, parassiti di prima categoria, che cincischiano con il computer perché non hanno voglia di lavorare. Se a suo tempo lui avesse fatto lo stesso invece di tirare su muri o di portare via macerie con la carriola, il suo padrone lo avrebbe cacciato con un calcio in culo e fine della storia.

Allora il Gianduia fa notare al Fasiolo che sono decenni che non lavora più grazie alla sua sbandieratissima invalidità, che lui si fa due ore di coda in posta ma almeno becca l'accompagnamento e per questo, *diocan*, ha poco, davvero poco di cui lamentarsi, perché c'è gente che si fa due ore di coda e prende la minima, *diocan*. Come se fosse stata colpa sua, ribatte il Fasiolo, se il cane da guardia del cantiere gli aveva quasi staccato una gamba, costringendolo a zoppicare vistosamente.

Per tutti loro, il capo dei fannulloni è il Bertin, il sindaco farabutto, ladro patentato, che nessuno ha votato. Eppure fa la bella vita, il sindaco, alle spalle di tutti. Il Tocia ribadisce l'assoluta necessità di buttare in forno proprio il Bertin, o almeno impiccarlo allo stendardo della piazza dove un tempo avevano impiccato il podestà fascista che a differenza del Bertin era pur sempre un bravo cristiano, uno che all'Isola ci teneva, mica come quello là che non riesce a tenere le strade pulite dalle foglie dei platani, con la complicità di quei quattro fannulloni della nettezza urbana che lasciano alle maree il compito di fare pulizia, perché tanto alla povera gente non ci pensa nessuno.

Per non parlare, continua il Tocia, evidentemente ispirato, di quando hanno costruito il deposito di GPL a pochi metri dal villaggio, deposito che sarebbe esploso di sicuro, cosa che se fosse per lui non sarebbe neppure troppo male, ma per gli altri davvero non sa. In ogni caso, interviene il Fasiolo, gli impiegati delle poste, soprattutto quelli che si occupano delle pensioni, sarebbero da affogare già da bambini, anzi, ancora prima, da affogare direttamente nell'utero materno. Come anche i giovani di oggi, rincara il Maurizio, per i quali servirebbe una bella guerra, andare in trincea per un poco e diventare così uomini veri. Almeno ci fosse uno come il Duce!, aggiunge convinto il Gianduia.

Sì, proprio il Duce ci mancherebbe, fa l'Ennio da lontano, una vita da tubista ai cantieri navali. Tutti lo chiamano il Rosso per le sue simpatie politiche e soprattutto per il suo pluridecennale impegno nel sindacato, che i maligni, comunque, motivano con la sua poca voglia di lavorare. Di solito se ne sta muto, il Rosso, consapevole di essere in netta minoranza alla Taverna. Quando però qualcuno, e soprattutto il Gianduia, rievoca il Duce no, non può tacere.

Non avete capito niente, non avete capito niente! Ve la prendete coi morti di fame, fa l'Ennio, mentre i ricchi e i padroni mangiano alla faccia vostra. Vi riempite tanto la bocca col Duce, ma se ci fosse lui non potreste nemmeno parlare.

Anche questa volta, aveva difeso la memoria di suo fratello Gildo, eroe della guerra partigiana che aveva dato la vita per difendere la libertà, sebbene i soliti maligni sostengano invece che si fosse nascosto per sfuggire alla leva repubblichina e fosse morto in uno stupido incidente. Torna a sedersi, l'Ennio, e a tacere, come fa quasi sempre.

Anche tu te ne stai muto, tra il gracchiante tumulto di voci e porchi, a covare la tua rabbia del tutto personale. Guardi con astio i denti gialli, i baffi unti, le lingue catarrose di questi vecchi che ruttano e si grattano il sedere come bestie.

Gli uomini, quando ragionano, o meglio, quando fingono di ragionare, sono come le sardine, pensi. Amano stare appiccicati tra loro, sentirsi parte di un'idea più grande, un sentire comune che non li lascia mai soli. E se uno di questi piccoli pesciolini si stacca dal gruppo, be', ha subito nostalgia perché il mondo è troppo grande, troppo vasto per affrontarlo in solitudine. Tu invece non la temi proprio la solitudine. Ci avresti pensato tu a rimettere tutto a posto, a riportare un poco di giustizia sull'Isola. Ma non con le parole. Tu non parli. Lo fai a giorni alterni e oggi eserciti l'incredibile virtù del silenzio.

Parlare, parlare, parlare. A che serve? Più gli uomini si parlano, più si fanno guerra. Più si parlano, meno si capiscono; meglio restare in silenzio, come faceva la Cinzia dopo cena, quando se ne andava in camera a bisbigliare il rosario; meglio tacere e vivere nell'illusione che gli altri la pensino come te.

E poi il silenzio è il miglior commento al mistero di questa vita di merda, che don Antonio e i suoi sodali, guarda caso, risolvono con parole così trite e ritrite da risultare scandalose. Il silenzio descrive perfettamente l'essere gettati nel mondo senza preavviso, senza uno straccio di libretto di istruzioni. Insomma, come commentare ciò che ti è toccato in sorte se non tacendo, come fai tu a giorni alterni, oppure bestemmiando di continuo, come fa il Tocia, come fanno tutti, che la bestemmia dopotutto chiosa efficacemente gran parte delle cose che succedono nel mondo?

Ora tra i tavoli della Taverna si ragiona di Cristiano Ronaldo, che è vecchio, ma è ancora buono, di rigori negati, di trattative da milioni di euro, cifre che a quanto pare il Gianduia e il Maurizio maneggiano con incredibile disinvoltura, e poi di arbitri venduti, di allenatori finiti. E poi, senza troppo preavviso, dei numeri del lotto e del prezzo delle canocchie che è sceso dopo l'ultimo maltempo, perché si sa, le canocchie se ne stanno sul fondo tutto il giorno e vengono disturbate dal mare grosso che le fa sollevare. Canocchie che, quando cambiano muta, nuotano la notte seguendo la luna. I vecchi pescatori, e questo lo sai benissimo anche tu, le aspettano sul bagnasciuga così da pescarle senza fatica. Alla Cinzia le canocchie piacevano tanto lesse, con un po' d'olio e pepe, e spesso amava dire che a santa Caterina è meglio una canocchia che una gallina, da quanto sono piene e gustose in quel periodo.

Tu odi i tuoi compagni di bevute, è chiaro. Ma con questi esseri decrepiti, rugosi, coperti da canottiere consunte e camicie macchiate, hai vissuto gran parte della tua vita, devi pur riconoscerlo.

Col Gianduia hai frequentato le scuole elementari. Lui aveva gli occhi furbi ed era il primo a organizzare giochi pericolosi, come tuffarsi dagli scogli della diga, saltare da un barchino all'altro, rubare un secchio di vongole ai pescatori. Il Tocia, invece, l'avevi conosciuto più tardi. Per un periodo avete lavorato sullo stesso peschereccio e, nei giorni di riposo, lasciavate insieme l'Isola – e l'Isola si lascia sempre a fatica – e raggiungevate la Terraferma per andare a donne. Con loro, lui era sempre stato più bravo di te, sebbene non fosse bello. Sapeva dire due parole in croce e questo bastava, la maggior parte delle volte. Tu eri certamente più bravo a ficcarle, le donne, a farle urlare.

Il Tocia era stato il tuo compagno di caccia finché non aveva messo incinta la Adelina, una ragazza ritardata dell'Isola, che era poco più di un comune passatempo. A qualcuno doveva pur succedere di metterla incinta, ve lo dicevate sempre, ed era successo a lui, che per il resto, dopo averla sposata, non si era poi troppo lamentato perché la Adelina era stata tutto sommato una buona moglie, anche se non come la Cinzia, sia chiaro. Non riusciva nemmeno a pestarla, stando a quanto dice lui, perché gli pareva di infierire su un essere sul quale la natura si era già particolarmente accanita.

Il Maurizio invece è originario di un paesino affacciato sul mare della Sicilia orientale. Come sia finito sull'Isola non si sa con certezza, ma questo, a dire il vero, non si sa di nessuno. Un giorno ti aveva raccontato che aveva lavorato in un casinò della Costa Azzurra, era diventato ricchissimo e poi, per un improvviso rovescio di fortuna, aveva perso ogni suo avere. In un'altra occasione, il Maurizio aveva millantato di aver quasi completato gli studi di medicina, interrotti solo per l'invidia di un certo primario. Un'altra volta, si era vantato di essere stato una riserva del Catania quand'era in serie A, più precisamente nella stagione '62-'63 agli ordini del grande allenatore Carmelo Di

Bella. Quella volta, aveva pure mostrato una sua foto con Altafini, il capocannoniere del Milan, o almeno con uno che ci assomigliava.

Di certo, si sa solo che aveva lavorato con l'Ennio nel cantiere navale e che aveva sposato la Celestina. Dello scandalo che lo aveva riguardato si parla ancora oggi. La Celestina se n'era andata dopo appena un mese di matrimonio, insieme a un carabiniere della bassa Italia. Se n'era andata prima di fare figli, prima di essere picchiata. Aveva salutato la famiglia, o almeno così si racconta, e poi nessuno l'aveva più vista.

Così il Maurizio aveva passato il resto della sua vita a odiare le donne e gli uomini in divisa, cosa questa che gli era pure costata un paio di denunce per resistenza a pubblico ufficiale. Lo incrociavi spesso dalle puttane nigeriane, il Maurizio. Quando le ragazze lo vedevano arrivare lo chiamavano, indifferentemente, dottore, campione o miliardario. A volte ti precedeva, a volte arrivavi prima tu. Ora non perde l'occasione per dire quanto vorrebbe andare a morire al suo paese ma, come te, pure lui è condannato al confino perpetuo, dovrà mettersi il cuore in pace.

Di fatto, il caso della Celestina, ai tuoi occhi dimostra l'assoluta bontà delle donne senza pretese, come la Adelina, e in parte anche come la Cinzia che si lasciava andare solo a piccoli, piccolissimi colpi di testa, come quella volta che aveva portato a casa un tostapane nuovo, acquistato in offerta al supermercato dei Tedeschi senza consultarsi prima con te, un tostapane che non avete mai usato, tra l'altro.

Il Fasiolo, invece, è un uomo tranquillo, che prima dell'incidente col cane faceva il muratore e che ora aspetta con impazienza il primo di ogni mese per incassare la sua magrissima pensione appena irrobustita dall'invalidità.

Questi vecchi senza un briciolo di futuro, questi esseri scarsamente umani, ti infastidiscono tanto che a fatica soffochi la rabbia che ti sale dal profondo dello stomaco, lungo l'esofago. Una rabbia che ti fa respirare affannosamente e stringere i pugni come prima di una rissa. Una rabbia sempre delusa perché di risse, ormai, non ce ne sono più. Li odi perché sanno tutto di te, sanno la tua storia, sanno della Cinzia, di come l'avevi conosciuta, di come la battevi, di come era diventata un sacco e di come si era prosciugata durante la malattia. Ecco, ti sembra che delle pieghe segrete della tua vita sia rimasto gran poco. Cosa rimane di un uomo vecchio se non i suoi segreti?

Anche tu conosci le colpe di questi vecchi, come loro conoscono le tue. Il Gianduia ogni tanto tradiva la moglie con un uomo. È un mezzo recchione, insomma, anche se i recchioni lui dice di odiarli con tutto se stesso. Ricordi che, da ragazzini, era stato lui a insegnarti a masturbarti. Al Gianduia piaceva andare con te dentro il fortino dove suo nonno teneva gli attrezzi per lavorare l'orto. Lì faceva finta di visitarti, come un medico. Ti abbassava i pantaloni e ti toccava. Tu facevi lo stesso con lui, per curiosità. Poi vi masturbavate insieme, spesso interrotti dal passaggio di un gatto o dal volo di un moscone.

Senza contare che il Gianduia è pure un eretico della peggior specie, non tanto per le sue bestemmie che sull'Isola sono un intercalare ampiamente tollerato anche da don Antonio, quanto perché, specialmente da ubriaco, spesso lambicca sulla vera natura del corpo di Gesù distribuito alla messa, per lui nient'altro che un pezzo di pane prodotto dalle suore, sull'effettivo significato di qualche evento miracoloso e, come se non bastasse, sulla reale possibilità che dio sia uno e trino allo stesso tempo, storia questa a cui non si rassegna proprio.

Il Tocia, invece, sull'Isola lo sanno anche i muri, anni fa rubava fuoribordo per rivenderli in Istria a metà prezzo, soprattutto durante la guerra dei Balcani, e ora si occupa del commercio abusivo di vongole, pescate nottetempo nelle acque tiepide vicine agli scarichi industriali della Terraferma, e di sogliole sotto misura che vende praticamente a domicilio girando l'Isola col suo Apecar.

Allo stesso modo, tutti sanno che il Maurizio fino a qualche tempo fa si dedicava allo spaccio, un altro motivo per cui odiava i carabinieri che combattevano il suo modo tutto sommato onesto, nonché faticoso, di guadagnare. Come se fosse facile prendere una barchetta nelle notti d'inverno, darsi appuntamento al faro con un peschereccio partito da chissà dove, scaricare la droga in mare aperto, portarla tra mille rischi in magazzino, dividerla in dosi adatte al consumo e smerciarla. Senza contare che gli operatori del settore non sono le persone più raccomandabili in circolazione, diciamo così.

E anche uno spirito mansueto come quello del Fasiolo non è immune dal peccato, perché una volta, rifacendo il tetto di un casone tra gli orti per conto di un tale Garbin, oggi morto e sepolto, aveva trovato, tra le travi, una borsa con un servizio da dodici di argenteria, nascosto probabilmente in gran segreto dalla madre dello stesso Garbin prima di morire. Il Fasiolo, indeciso sul da farsi, prima non aveva dormito per tre giorni, poi, dopo un consulto con la moglie, senza la quale non muoveva un passo, si era convinto a tenersi il suo tesoretto, incompleto peraltro, perché mancavano un paio di cucchiai e ben quattro coltelli. Qualche giorno dopo, aveva sfoggiato in piazza una giacchetta così bella che davvero non poteva essere frutto del suo lavoro.

Si odiano e si invidiano l'un l'altro questi vecchi; e qualcuno di loro invidia anche te per la casa di proprietà, perché non ti devi occupare di nessuno ora che la Cinzia è morta, e soprattutto per il cappotto abbastanza nuovo che usi la mattina per pescare e che ti ha regalato il figlio del Fasiolo. Che poi, il figlio del Fasiolo quel giaccone non doveva darlo proprio a te solo perché gli avevi fatto pena, lo pensano tutti alla Taverna, e anche il Fasiolo stesso: tu sei sporco, non sai tenere la roba e lo hai già riempito di scaglie di sardina.

Vivi con questa genia malata e perversa, con questa variazione genetica di umanità così deprimente. Gli ultimi a vederti vivo, probabilmente, saranno proprio questi uomini, assieme ai gestori cinesi della Taverna ovviamente, per i quali la vita non deve essere tanto più facile, tra bianchetti e Cynar, tra slot e cicchetti. La cameriera, ormai, è tua madre, la madre di tutti gli altri vecchi come te che le danno mezza pensione per avere in cambio sogni offuscati, lingue impastate, gole corrose dal fumo e dall'Averna. È la Taverna a mantenerti in vita.

Soffrono i tuoi compagni di bevute, è evidente, perché lottano contro un dolore del tutto nuovo, ammesso che possano esistere davvero dolori nuovi: quello scaturito dalla noia.

Se durante la maggior parte della loro esistenza, qualunque fosse stata la loro occupazione, questi uomini si sono trascinati dentro a un bar dopo una giornata di lavoro o, in certi casi, dopo una settimana intera di lavoro, come automi, come macchine semoventi in fondo prive di volontà, oggi arrivano alla Taverna dopo ore di niente passate a ruminare in solitudine pensieri sempre uguali. Seduti in poltrona, a casa, guardando qualche programma del mattino alla TV, questi uomini partoriscono le idee più mortifere perché l'uomo, si sa, finché lavora, finché è oberato dalle mille contingenze di quella che viene chiamata, semplificando molto, vita quotidiana, non ha proprio il tempo di guardarsi intorno e accorgersi della propria condizione quasi sempre misera e infelice.

Prima della pensione, dunque, questi uomini arrivavano al bar stanchi dal lavoro per riposare le membra e il cervello. Pensavano, questi stolti, che fosse il vino ad anestetizzare le loro preoccupazioni, che fosse l'ubriacatura l'unica cosa che li faceva andare avanti. Si sbagliavano. Era il lavoro ad anestetizzarli, a mandarli avanti, a farli sopravvivere.

Se ne erano accorti quando era arrivato il momento della pensione, che avevano bramato per anni come il premio di una vita di fatiche, come una sorta di paradiso nell'aldiquà, insomma. Per mesi si erano aggirati per uffici e patronati trasportando dentro a consunte cartelline contratti e conteggi di ogni sorta; tra loro parlavano di quote, di età, di lavoro in nero, di contributi; l'avevano desiderata così tanto, ma così tanto la pensione, che alla fine era arrivata. Non sapevano che proprio la pensione avrebbe aperto le porte ai peggiori pensieri che un uomo possa fare.

Del tutto inaspettatamente si erano accorti, questi uomini, di quanto fosse difficile convivere con le loro mogli, diventate vecchie e stupide, di quanto fosse cadente la loro casa, di quanto potesse essere lungo un pomeriggio. Per questo, prima di finire alla Taverna, si danno da fare per cercare le più insensate occupazioni, con cui prima non avrebbero perso nemmeno un minuto del loro tempo prezioso. Un giorno oliano tutte le porte della casa per limitare inesistenti cigolii; un altro, riordinano gli attrezzi del garage che non useranno mai; un altro ancora si mettono a dipingere il cancelletto del cortile di casa, che avevano dipinto appena l'anno prima.

Questi lavoretti, però, difficilmente occupano più di una mattinata; dopo pranzo, questi vecchi si ritrovano alla Taverna, dove arrivano pieni di noia e di astio, noia e astio che aumentano a dismisura con il vino, capace solo di tirar fuori i loro peggiori istinti. Senza dubbio, è stata la pensione a trasformare questi uomini in quello che sono.

Alla Taverna arriva un altro vecchio. Cammina trascinando un carrellino pieno di pacchi di biscotti e succhi di frutta. Vi si regge a malapena, saltellando sui piedi come a mimare una sorta di tip-tap che fa tanto ridere i ragazzini che da dietro gli fanno le linguacce. Quando entra, tutti lo salutano chiamandolo Ammiraglio, perché prima della vecchiaia e di impazzire a causa dell'incidente, comandava uno dei più grandi e bei pescherecci dell'Isola, l'*Audace*.

Ogni mattina, ogni santa mattina, buona domenica, Raffaella, dice alla Fornaia, buona domenica, Susy, dice alla tabaccaia, buona domenica, Fausto, dice al macellaio. Qualcuno gli risponde mettendosi sull'attenti e scandendo un militaresco saluti, Ammiraglio. Lui sorride a tutti, guarda attraverso i suoi occhiali sporchi e unti il vuoto, e poi annuisce.

La sua vita si è trasformata in una perenne domenica, durante la quale non prende più il largo e per questo pare felice. La prossimità alla morte lo ha connesso alla sua parte fanciullesca, a differenza di quello che è successo a te. L'Ammiraglio è buono: tocca tutti, accarezza tutti. Una vita di bestemmie si è convertita in un amore universale che ha qualcosa di miracoloso, di francescano quasi, e lo si capisce da come lascia che i piccioni si appoggino sul suo carrellino, da come accarezza i gatti randagi.

E piange, l'Ammiraglio, se qualcuno gli dona un pane con le olive, due mele o un pacco di biscotti, se vede morire un pesce o dissolversi una nuvola. Ha pure cominciato a frequentare la chiesa, con grande soddisfazione di don Antonio che ovviamente si impegna quotidianamente per aumentare i partecipanti alle sue imperdibili omelie, e non per paura della morte, come fa la maggior parte dei vecchi, ma per un sentimento di spiritualità sincera, legato piuttosto al peso di una colpa che, anche lui, non riesce a levarsi di dosso.

Questo gli rimane di una vita di rischi in mare, di bufere, di notti passate all'addiaccio. Una testa ferma a un'eterna domenica, una commozione universale che lo fa piangere ogni volta. Verrà ricordato così, l'Ammiraglio, quando tra poco morirà. Anche di lui non resterà traccia.

Tu lo guardi con ribrezzo, tranguggiando un secondo bicchiere di vino bianco. Un ribrezzo che, a dire il vero, nasconde una buona dose d'invidia, perché anche tu, nel profondo, brami l'inconsapevolezza.

Quando eri imbarcato sull'*Audace* agli ordini dell'Ammiraglio, hai rischiato la vita, mica te lo dimentichi. Era una notte estiva di metà anni Novanta; non ricordi più l'anno preciso, dovresti dare un'occhiata alle carte. C'era la luna piena e la superficie del mare era piatta e lucida come una lastra di marmo.

D'un tratto, davanti ai tuoi occhi era comparsa la luna del mare, perché il mare, e questo lo sanno benissimo tutti i naviganti da Ulisse in poi, è un universo a se stante, con i suoi pianeti, i suoi satelliti, le sue costellazioni. La luna marina emergeva appena dall'acqua, mostrando un'enorme pinna che la faceva assomigliare a una sorta di squalo galleggiante, uno squalo benevolo, innocuo. Si trattava di un enorme pesce luna. La prua dell'*Audace* l'aveva sfiorato e lui aveva continuato a galleggiare indifferente, riflettendo i raggi freddi della luna del cielo con la sua pelle viscida. Il Pagan, che ti stava vicino, ti aveva detto che bisognava davvero essere fortunati per vederne uno così grande. Tu non gli staccavi gli occhi di dosso. Tuo padre ti diceva sempre che era un pesce di merda, buono a niente, neppure alla griglia, eppure quando si era inabissato avevi sentito una fitta al cuore, come se qualcosa di brutto dovesse succedere.

Sul ponte dell'*Audace* fumavi, pronto a ricevere gli ordini dell'Ammiraglio e calare lo strascico per pescare le capesante che ti avrebbero garantito la giornata. Il mollusco per te non era certo il simbolo di Venere o di mistici pellegrinaggi, ma del pane quotidiano, quello per la Cinzia che ti aspettava a casa, quello per la Simonetta, che era ancora piccola. Pensavi a questa cosa, con gli occhi persi verso l'orizzonte marino. Il Pagan era salito in plancia per indagare sulle intenzioni del comandante. Tu, invece, avevi chiamato a gran voce l'Agostino, il marinaio più giovane del peschereccio e perciò il più inesperto, perché si preparasse alla pesca.

Il motore rombava, facendo vibrare anche l'ultima vite, l'ultimo bullone dell'*Audace*. Forse non eravate ancora nella zona giusta per la pesca, avevi pensato. Poi ti eri sentito chiamare dalla plancia. C'era un problema.

Una motovedetta jugoslava era comparsa all'improvviso sul lato dritto del peschereccio e ordinava all'Ammiraglio di fermare la barca immediatamente. Solo allora ti eri ricordato che l'Adriatico è anche Jadran; ti eri ricordato dei confini che anche sul mare non cessano di far sentire la loro presenza. Evidentemente l'Ammiraglio si era spinto troppo a est, in acque territoriali jugoslave, ma, nonostante questo, non accennava a rallentare.

Non mi farò sequestrare la barca, diceva, non siamo ancora dentro le loro acque, diceva, vogliono solo rompere i coglioni, diceva. E intanto l'Ammiraglio reggeva il timone con decisione, mentre con la radio lanciava messaggi di aiuto alla guardia costiera dell'Isola non staccando gli occhi dalle luci della motovedetta.

La prima raffica di mitra era arrivata a qualche decina di metri dalla prua, accompagnata da un rumore secco, intermittente e da un bagliore sinistro. Il Pagan si era messo a urlare nel buio della notte, mentre l'*Audace* sembrava scivolare sul mare schiumante sempre troppo lentamente. Tu immaginavi lo spavento dei pesci, inconsapevoli destinatari di quel piombo piovuto loro addosso da un'altra sconosciuta dimensione.

Dopo qualche minuto, gli jugoslavi, senza ulteriore preavviso, avevano sparato sul peschereccio. Una sventagliata di proiettili aveva colpito il fianco destro, perforato la lamiera, distrutto parabordi, vetri, cassette. Eri in plancia, è vero, ma avevi il cuore in gola, come un animale braccato. L'Ammiraglio, allora, aveva fermato i motori ripetendo soltanto sono pazzi, sono pazzi, sono pazzi. Poi era improvvisamente ammutolito, preso da un terribile dubbio.

Di corsa, eravate usciti sul ponte e là avevate visto l'Agostino, il marinaio più giovane dell'*Audace*, vent'anni appena, buttato tra le reti sporche in una pozza di sangue. Un proiettile, uno solo, o forse una scheggia di lamiera, lo aveva colpito in faccia, proprio sul suo volto giovane, senza barba e con qualche brufolo. Avevate visto il sangue, le reti, i segnali da pesca, i mastelli, e quella faccia bucata, appena sopra l'occhio, il cervello penetrato dal piombo jugoslavo, come se l'Agostino fosse un enorme pesce squarciato da un'elica e non vendibile al mercato. L'Ammiraglio si era gettato su quel corpo deformato, lo aveva abbracciato, baciato.

Eri stato tu a condurre il peschereccio a Capodistria per le indagini del caso, finendo tuo malgrado anche in televisione. Ti avevano intervistato più volte, mentre i governi di Roma e Belgrado si minacciavano e accusavano a vicenda. Dopo qualche settimana, tu e il resto dell'equipaggio eravate rientrati sull'Isola, portando con voi il cadavere acerbo, non ancora pronto per la morte, dell'Agostino.

Tu l'avevi scampata, un po' com'era successo a tuo padre prima di te. Dopo la guerra, pescare con l'esplosivo e le bombe a mano era diventata una pratica comune. Bastava buttarle in mare perché l'onda d'urto distruggesse la vescica natatoria dei pesci che venivano a galla tanto storditi che si potevano prendere con le mani nude. Una bomba, però, era esplosa prima del tempo, non si sa perché, facendo ribaltare il bragozzo dove stava tuo padre. Fortunatamente nessun pescatore era morto e, proprio per questo, una volta tornato sull'Isola, lui aveva voluto testimoniare la grazia ricevuta con un ex voto.

Aveva dipinto con le sue mani una tavoletta dove si vedevano lui, il bragozzo e l'esplosione. Aveva ringraziato la madonna e i santi Vito e Modesto, protettori dei naviganti, che evidentemente dovevano aver vegliato su di lui. Ma l'Agostino no, lui non ce l'aveva fatta, ed era il più giovane del tuo equipaggio, perché nelle tragedie muore sempre il più giovane, è un fatto di natura. E a te non era parso opportuno ringraziare dio e i santi, anche perché in paese pensavano che dio stesso, che in questo caso aveva agito, non si sa per quale oscura ragione, per mezzo di un soldato slavo, avesse scelto male la sua vittima e che a bordo di quel peschereccio ci fosse sicuramente qualcun altro che meritava di morire.

Quella non era stata l'ultima volta in cui avevi scansato la morte per un soffio. Pochi mesi fa, quando la Cinzia era al camposanto e tu eri già vecchio e bavoso, e per questo indegno di esserci, sia chiaro, avevi deciso di uscire all'alba con la tua piccola barchetta che, tra l'altro, da quel giorno giace mezza allagata sulla riva. Il venti cavalli ti spingeva lentamente fuori dal porto, come richiamato dalle orate, quelle più grandi, quelle con la corona scintillante che entrano in laguna col caldo dell'estate e se ne escono col freddo dell'inverno per non essere accecate dalla neve, secondo quanto dice una leggenda.

Arrivato nel posto buono, quello che ti aveva insegnato tuo padre, e prima di lui suo padre, luogo di scontro di correnti, di via vai di pesci e alghe, avevi dato fondo all'ancora. La tua barchetta ballonzolava alle prime luci del giorno, quando l'acqua si colora di rosso e di giallo e le luci dei fanali del porto ancora non sono spente.

Stavi pescando già da mezz'ora e avevi catturato solo un minuscolo ghiozzo, che avevi ributtato subito in mare. Ripensavi a tuo padre. Era stato lui a insegnarti i trucchi del mestiere: i nomi degli ami, le esche migliori, le maree e i posti giusti. Per il resto, non ti aveva insegnato altro tuo padre, che vedevi sempre poco ed era piuttosto una presenza minacciosa da cui attendersi castighi e punizioni.

In quel momento eri tuo padre. Stesse movenze di vecchio, stesso sguardo torvo, stessa indefinibile ansia, stessi peli nelle orecchie. E forse, chissà, assomigliavi anche a tuo nonno e a suo padre, a tutti quelli che prima di te, negli anni, avevano scelto quel posto per pescare e che lo sceglieranno in futuro, come un gioco di specchi, una costante dell'universo, almeno finché ci sarà vita su questo pianeta. Tuo padre diceva sempre che un buon pescatore deve sapersi spostare nel caso in cui non abbocchi nessun pesce. Se i pesci non ci sono dove sei tu, amava dirti, allora sono altrove.

Avevi deciso così di cambiare posto. Ti eri alzato, avevi riposto la canna, avviato il motore e recuperato l'ancora. Quest'ultima, però, si era impigliata in qualcosa sul fondo. Capitava spesso, a dire il vero. Le tue mani tremavano per lo sforzo. Probabilmente assieme all'ancora stavi trascinando in superficie una pesantissima rete sommersa, un cavo d'acciaio, o chissà quale altro rifiuto.

Era successo tutto in un attimo. L'ancora si era liberata di colpo, facendoti sbilanciare all'indietro. Avevi fatto appena due passi sbilenchi ed eri scivolato nelle acque tormentate del porto. Eri risalito a galla a fatica, ma eri già lontanissimo dal tuo barchino così sottile che neppure lo vedevi. Avevi provato a nuotare, ma le braccia, le tue braccia di vecchio, ti avevano subito cominciato a far male.

Il canale del porto pareva un fiume, da cui emergevi ogni tanto solo con la testa, come una tartaruga. La corrente, fortunatamente, ti aveva fatto sbattere quasi subito contro una boa enorme, rossa, che segnava il limite del canale navigabile. La boa era inclinata per la forza della corrente ed eri riuscito ad afferrare la piccola scaletta che permetteva di arrivare al fanale ed eri rimasto appeso là, concentrando sulle mani tutte le tue forze residue, mentre l'acqua e i pesci scorrevano sotto di te.

Eri rimasto lì tre ore, tre ore senza parlare, senza poterti muovere, a guardare il profilo della diga, quello dell'ex colonia, quello del Forte, quello del deposito di gas, con un misto di terrore e speranza. Avevi bestemmiato, ma sussurrando appena, come la Cinzia recitava il rosario. Speravi, forse, che uno dei tanti vecchi che fissano il mare, vedette pronte a dare l'allarme in caso di attacchi pirateschi o a venerare le navi mercantili che immaginano piene di ogni ben di dio, ti vedesse. Ma i vecchi come te, si sa, non vedono così distante.

Il capitano di un peschereccio di rientro, seguito da centinaia di famelici gabbiani, invece, aveva notato prima la tua barca vuota, e poi la tua massa nera e fradicia appesa alla boa. Così eri stato tratto in salvo.

Mentre stavi accasciato sulla banchina del porto, tra il nero di seppia e gusci di cozze, in attesa dell'ambulanza, tutti pensavano fosse il colpo definitivo. Il tuo cuore non avrebbe retto, diceva la gente. E invece no. Eri sopravvissuto anche all'annegamento e all'ipotermia. Vivo per miracolo, così avevano detto all'ospedale, un premio per la tua vita infame; quel miracolo che la Cinzia aveva tanto chiesto per la sua amica, e poi per sé, era arrivato finalmente a te. Era stato un vero e proprio miracolo anche perché il caso aveva voluto che proprio in quei giorni ci fosse la sagra della Madonna dell'Apparizione, la stessa per la quale la Cinzia si dava tanto da fare.

Era naturale, dunque, che il fortunoso salvataggio fosse

subito attribuito alla signora vestita di bianco mostratasi al Natalino e all'Elvira tre secoli fa, anche se non erano mancati malumori tra i fedeli circa la scelta del soggetto da salvare, perché già la parabola del figliol prodigo dà un fastidio tremendo a ogni credente che si rispetti, figuriamoci il salvataggio di uno dei più iracondi e cattivi personaggi dell'Isola. Don Antonio, a questo proposito, si era dato molto da fare per consolare tutti, come al tempo dell'Ondina del resto, ricordando che le vie del signore sono infinite e che si salva bene chi si salva ultimo, anche se non tutti, a dire il vero, avevano capito che cosa volesse dire.

La Simonetta, per l'occasione, si era degnata di chiamare in ospedale qualche ora dopo. Una telefonatina veloce per chiederti come stavi e se avevi bisogno di qualcosa. Forse alla Simonetta un poco era dispiaciuto che avessi trovato quella boa sulla tua strada. Se le cose fossero andate altrimenti, avrebbe finalmente potuto ereditare col marito la tua piccola casetta e venderla a un artista nordeuropeo in cerca di solitudine o a qualcuno dell'Isola che ne avrebbe fatto un bed & breakfast per villeggianti selezionatissimi. E invece anche in quell'occasione ti eri dimostrato piuttosto coriaceo, piuttosto attaccato alla vita, forse addirittura troppo per non essere indelicato.

Si sa, che chi come te vive impastato con la cattiveria si mantiene giovane ed è invece la bontà a rincoglionire, come dimostra il caso dell'Ammiraglio. Non avevi neppure ringraziato gli uomini del peschereccio. Fosse stato per te, avrebbero potuto lasciarti appeso alla boa a marcire, che tanto quello che dovevi vedere e fare al mondo l'avevi visto e fatto.

I vecchi alla Taverna adesso discutono sul prezzo, davvero spropositato, delle seppioline al mercato all'ingrosso, mentre provocano la cameriera cinese. Quando lei si arrampica su una sedia per raggiungere il Campari che sta sulla mensola più alta, tutti le guardano il culo magrissimo, quasi inesistente, così diverso da quello largo e sformato delle loro mogli, anche della Cinzia, che in effetti assomigliava a una papera prima che il male la rendesse uno straccio.

Non è bello il culo della cameriera cinese, ma questi uomini si godono quel poco che resta della loro solidarietà maschile in fatto di sesso, a forza di occhiatine e pacche sulle spalle. Nonostante l'impotenza e l'oggettiva bruttezza, continuano a guardare le donne che passano in strada, tutte le donne, come pezzi di carne: quella ha il culo troppo basso, quella ha la faccia da cavallo, quell'altra è stupida ma ha delle tette enormi, quell'altra ancora è appena una bambina a cui bisognerebbe insegnare a godere. Parlano così i tuoi compagni della Taverna, non rendendosi conto della loro ridicolaggine, e di come, ora che sono vecchi, subiscano pure loro lo stesso trattamento, essendo ormai considerati soltanto per il loro involucro scadente, per il loro ingombro spaziale.

Il pomeriggio passa lento, per chi, come te, fissa la lancetta dell'orologio della Lavazza, appeso poco sopra le perline di legno; una macchina infernale, non c'è dubbio, in grado di dilatare il tempo e allungare la tua sofferenza. Anche per questo hai come l'impressione di poter trascinare questa esistenza in eterno, senza variazioni, come forse succede anche ai tuoi compagni di bevute.

Sei sicuro che negli uffici celesti la tua pratica sia ferma tra mille e mille. Forse il funzionario che dovrebbe occuparsene, un tipo basso con gli occhiali e i baffetti, è da anni in attesa di fronte alla macchinetta del caffè o forse è un assenteista che si fa timbrare il cartellino dai colleghi. Oppure questo poco solerte impiegato vive una seconda giovinezza grazie alla storia d'amore con la sua stagista e lascia per un poco libere le persone di invecchiare senza progetto, di scivolare alla deriva in tutta autonomia.

Un giorno, un giorno qualsiasi, senza alcun preavviso sarà richiamato dal capoufficio e tornerà a occuparsi di te; vergherà con una grafia curata d'altri tempi il tuo foglio di via dal mondo, così come era successo alla Cinzia e al povero Agostino, ucciso dal piombo slavo per qualche chilo di capesante.

Nel tardo pomeriggio il clima all'interno della Taverna si rasserena. Non hanno più la forza, i vecchi, di parlare di politica, di pesca e di donne. Dopo il vino, i loro occhi sono umidi, i loro corpi abbandonati sulle sedie; riescono a comunicare solo con rutti e occhiate, i vecchi al pomeriggio.

Quando inizia l'ultima briscola tu esci dal locale e fumi. Osservi le poche persone che passano in strada: pescatori con gli stivali che scendono a riva da piccole imbarcazioni, qualche ragazzino dell'età del nipote della Wanda che sfreccia veloce in bicicletta, una vecchietta con le ore contate che trascina faticosamente la spesa. Quando passa una donna più giovane, per vecchia abitudine, le guardi il sedere, lo giudichi, pensi che vorresti palparlo, ma è solo un riflesso incondizionato del tutto slegato dalle tue reali intenzioni e soprattutto dalle tue reali possibilità.

All'interno del locale riecheggiano dei gridolini. Come

sempre avviene a quest'ora, la barista cinese sta mostrando entrambe le tette al Tocia e al Gianduia in cambio di una mancetta. Del resto, sull'Isola non vi sono intrattenimenti neppure per i più giovani, figurarsi per i vecchi. Non ci sono cinema, non ci sono teatri e neppure uno stadio; c'è, però, il circolo del burraco, peraltro indistinguibile dal gruppo della parrocchia, di cui la Wanda è l'animatrice principale, una bottega di pittura e un gruppo nutrito di appassionati di modellismo.

A tal proposito pare che, un paio di anni fa, secondo quanto si racconta tra le calli e la diga, alcuni appassionati di questo non disdicevole hobby si siano rimpiccioliti in scala 1 a 80 e abbiano preso a navigare sulle piccole e instabili barchette che loro stessi avevano costruito. Certo, sono storie per bimbi e anziani creduloni ma, a ben vedere, non c'è una grande differenza tra l'indefesso lavorio di questi uomini pazienti e quello di chi leviga, taglia, vernicia, salda nei più grandi cantieri, dove i pescherecci vengono sollevati nei bacini per la manutenzione.

Non sarebbe del tutto fuori luogo supporre l'esistenza di un'umanità ridotta in scala, un'umanità minore che attraversa marciapiedi come lande desolate, cammina sulla spiaggia come sul suolo di un pianeta rovente e inospitale e talvolta, aggrappata alle sartie di minutissimi velieri, se ne va a esplorare un mare ancora più grande e ancora più pauroso di quello che conosce ogni uomo.

Per quanto riguarda, invece, la pittura, sull'Isola lavora un tale Guido, specializzato nel *trompe-l'œil*. Si dice che l'intero villaggio sia pieno delle sue opere, ma che non si vedano perché perfettamente fuse con il paesaggio circostante.

Butti la sigaretta e dai ancora un'occhiata all'interno del locale, poi ti volti schifato. Non capisci come quei vecchi possano perdere ancora tempo con una donna, fosse anche la cinese che gestisce la Taverna.

Giunto alla tua età, ti è chiaro come il sole che le donne sono tutte puttane, e in questo non puoi non essere d'accordo con il Maurizio, l'ex della Celestina che questa verità l'aveva sperimentata sulla sua pelle, povero lui. C'è stato un periodo addirittura in cui lo ripetevi continuamente, come un mantra, che le donne sono tutte puttane; ora lo pensi soltanto, ti sei fatto più discreto. La tua opinione, però, non cambia. Le donne, senza distinzione, sono esseri malefici, meschini, fedifraghi, che approfittano delle debolezze, di tutte le debolezze dell'uomo. Sempre pronte a difendere i buoni sentimenti, a sacrificarsi per la famiglia, ma fanno i loro conti, le donne, agiscono sempre per calcolo, si mettono insieme a un uomo per non morire di fame, si vendono per un po' di tranquillità.
La Cinzia, lo hai capito da poco, aveva fatto la stessa cosa con te che le avevi sempre dato tutto, ricambiandoti con un piatto in tavola ogni giorno per cui saresti stato in grado di arrangiarti anche da solo. Le donne ti fregano, soprattutto quelle floride, sode, formose. Una volta sposate, una volta ingravidate, diventano sacchi, sacchi grossi di carne che cade, o scheletri con la pelle attaccata per miracolo, esseri che ciondolano per le calli con la borsa della spesa e che, nel novanta percento dei casi, sopravvivono ai mariti godendosi la loro reversibilità.
Le donne sono suocere astiose, sorelle perfide, amanti scaltre. Molto si può rimproverare all'uomo, non ultimo quello di essere guidato da istinti atavici mai davvero tenuti a bada, ma le donne sono tutte uguali, tutte puttane appunto. Lo si vede bene anche quando un uomo è vec-

chio e deve sopportare la presenza di badanti ucraine che, stando a quello che dicono, sono tutte dottoresse plurilaureate, ma che ai vecchi riservano solo truffe, schiaffi e cibo preparato senza un minimo di amore. Puntano all'eredità, le badanti, a farsi regalare la pelliccia dal vedovo, magari anche con atto notarile regolare, che non si sa mai che la pelliccia non piaccia anche alla figlia del vecchio, anche lei donna perfida che torna nella casa paterna solo per interesse.

Le badanti, come dimostra la storia del Nane e della Polina, puntano ai soldi, magari a farsi intestare la casa, in cambio di un massaggino particolare ogni tanto che ringalluzzisce qualche coglione secco. E lo stesso fa, con esiti molto più modesti, la barista cinese con il Tocia e il Gianduia, facendosi palpare il culo e le tette per qualche euro e niente di più.

Almeno tu ti sei salvato da questa faccenda delle badanti, minacciando la Simonetta e quel decerebrato del marito con tanto di Wüsthof preso in offerta dai Tedeschi. Sulla Cinzia non metteresti la mano sul fuoco perché, sotto la superficie rassegnata e servile della brava moglie, sicuramente anche lei nascondeva qualche segreto, fatto di occhiate languide al diacono, di baci rubati al salumiere o delle speciali benedizioni di don Antonio, chissà.

Come direbbe proprio don Antonio, che la Cinzia amava tanto citare, i peccati sono come anguille: vanno nel Mar dei Sargassi e poi inspiegabilmente ritornano. E forse, nonostante il giudizio della Felicia e della Wanda e di tutti gli abitanti dell'Isola, che ti considerano l'unico responsabile della sua malattia, non è detto che la Cinzia non se la sia meritata la sua terribile fine. D'altronde dalle donne non ci si può aspettare qualcosa di buono. Mai.

Il Pelé, chiamato così per il suo giovanile talento nel calcio, conosce bene le loro terribili armi. Anche se è molto più giovane di te, il Pelé frequenta saltuariamente la Taverna e per questo tutti sanno cosa gli è capitato; frequenta la Taverna anche se è più un tipo da American Bar, come si evince, innanzitutto, dal fatto che lavora ancora come marinaio a bordo dei rimorchiatori, sebbene la sua naturale creduloneria e la sua altrettanto innata semplicità lo avvicinino assai di più alla clientela di un posto come la Taverna.

Come succede a molti, dopo un viaggio in Brasile, il Pelé era tornato sull'Isola con la Bruna, una quarantenne formosa e caliente tanto quanto la Aparecida di tuo fratello, attratta dai numerosi garage e appartamenti di lui, più che dalle sue virtù fisiche e intellettuali. Fin qua, comunque, nulla di così preoccupante.

Dopo un paio di mesi di idillio durante i quali il Pelé amava passeggiare tutti i pomeriggi lungo le calli del villaggio per mostrare il suo nuovo acquisto bardato di regali costosissimi, perché la Bruna nel vestire aveva gusto, bisogna dirlo, come anche per gli accessori, e le borse da pochi soldi proprio non le piacevano, non per cattiveria s'intende, era proprio questione di gusti; insomma, dopo un paio di mesi, la donna si era fatta raggiungere da Hòracio, il fratello disoccupato e per giunta perseguitato non si sa bene da chi, perciò impossibilitato a restare nel suo paese.

Te la immagini la Bruna, ancora in ginocchio dopo aver offerto le sue particolari attenzioni al membro del Pelé, supplicarlo, se davvero l'amava, di ospitare almeno per un poco il suo sfortunatissimo fratello in nome di una costituenda famiglia felice, dove tutti sarebbero stati uniti nel nome dell'amore e dell'aiuto reciproco. E ti immagini pure il Pelé, ancora sudacchiato, con la voce rotta dal fiato corto, mentre annuisce in preda a un'oscura maledizione.

Non era passata una settimana e a passeggiare lungo le strade del villaggio erano diventati in tre, e si può capire perché il Pelé cominciasse a voler uscire un po' meno di casa. Col tempo, la Bruna aveva preteso pure di dormire nella stessa camera con il "fratello", e qui le virgolette sono d'obbligo, per aiutarlo a sopportare un terribile attacco di *saudade* provocato dalle difficoltà di adattamento alla nuova realtà, che in effetti è parecchio diversa da quella brasiliana. Come se non bastasse, durante le vacanze di Natale, considerato che il Pelé non era riuscito a farsi dare le ferie, lei era perfino partita con Hòracio per una settimana in un bell'alberghetto di Auronzo, col pretesto di mostrargli per la prima volta la neve. E ancora oggi mentre il giovane brasiliano dice di cercare forsennatamente lavoro, come anche la Bruna del resto, il povero Pelé mantiene entrambi con gli affitti delle sue proprietà e facendo doppi turni al lavoro. Tutto per il fascino indiscutibile di lei e la sua innata propensione al mercimonio.

Se qualche maligno si azzarda a dire che i due in realtà sono amanti, però, il Pelé diventa rosso, chiude i pugni e si arrabbia come nessuno si è mai arrabbiato. La Bruna mi ama, dice, e io, ospitando suo fratello, aiuto una persona in difficoltà. Il Pelé è diventato uno dei tanti zimbelli dell'Isola, che non vengono troppo presi di mira solo perché si sa che certe cose possono succedere a tutti.

Poco prima che scenda il buio, cali la temperatura e tu te ne vada a casa, compare sull'uscio della Taverna la figura sbilenca del professor Corradino Mezzoponte, avvoltolato in una giacchettina comperata chissà quanti anni fa, probabilmente quando insegnava ancora all'Istituto Magistrale Aristide Fallotti, in Terraferma.

Entra alla Taverna con passo lento e autorevole, il professore, lo stesso con il quale misurava le aule della sua scuola a caccia di studenti da interrogare. Dopo aver trascorso tutto il giorno seduto sulla sua seggiolina della biblioteca civica, proprio sotto il busto di Marino Faliero, a leggere il giornale o qualche oscura pubblicazione di cultura locale, anche il professore, si capisce, sente il bisogno di un bicchiere di vino.

È evidente, tuttavia, che il professore non raggiunge la Taverna solo per questa ragione, ma perché sente, con l'avvicinarsi della sera, l'intima necessità di mescolarsi almeno per un poco alla gente, meglio se alla gente della Taverna che a quella dell'American Bar, che troverebbe senz'altro gretta e meschina. Non che i frequentatori della Taverna, te compreso, gli sembrino migliori; anzi, forse li reputa più o meno segretamente molto più gretti e meschini di quelli dell'American Bar, anche se in maniera più autentica, più verace.

Dunque, dopo aver sfogliato il giornale o aver passato in rassegna un paio di lettere di un semicolto pavano del Cinquecento, ed essersi ricordato dei bei tempi andati, di quando cioè andava in scena sulle predelle dell'Istituto Magistrale Aristide Fallotti, che attirava il fiore dell'intellighenzia della Terraferma, il professore, oltre a quello del vino, sente il richiamo della gente, e della gente della Taverna nello specifico, e insieme delle bestemmie, della bassezza, della povertà.

Per lui la Taverna è vitale; anzi, è doppiamente vitale, dato che, non avendo una donna, alla Taverna ci viene anche per cenare. Si accontenta, il professore, di una fetta di polenta col salame cotto, di un paio di uova con l'acciuga, o, quando gli va bene, di un piattino di seppie in umido. Un poco ti somiglia, il professore, e forse è per questo che tu, di solito, te ne vai nel momento in cui arriva lui: entrambi amate la solitudine e sentite, allo stesso tempo, l'osceno bisogno di mescolarvi con la gente.

Se il professore sia veramente colpevole di ciò di cui lo si accusa non lo sai, ma a conti fatti non è così importante. La colpevolezza non viene dall'aver necessariamente fatto qualcosa, e di questo tu sei esperto. Nessuno sa se davvero, così come si è raccontato per anni sull'Isola, il professore abbia interrotto prematuramente la sua carriera per essersi, per così dire, legato a un suo studente, al suo miglior studente, un ragazzino magro e timido, di una bellezza delicata, capace di leggere come nessun altro l'Eneide in metrica.

Una mattina, finite le lezioni, i due sarebbero entrati nel ripostiglio dell'istituto e tra scope e secchi, tra grembiuli appesi e faldoni ammuffiti pieni di verifiche, il professore avrebbe avvicinato la sua barba, ingiallita dal fumo del sigaro, al volto candido del ragazzo. Tutto ciò mentre la bidella aveva deciso di cominciare le pulizie dalle aule del primo piano e non da quelle del secondo come faceva di solito.

Ecco, se quella signora impicciona non avesse forzato l'ordine naturale delle cose, se cioè non avesse voluto, proprio quel giorno, cominciare a pulire le aule del primo piano invece di quelle del secondo come faceva di solito, e davvero non si capisce il perché di quella repentina variazione nelle sue più consolidate abitudini, forse il professore sarebbe arrivato sereno alla pensione con il ricordo di un amore impossibile che alla sua età lo aveva colto del tutto inopportunamente.

E invece pare che i due fossero stati scoperti e immediatamente denunciati al preside che, per insabbiare l'accaduto e non veder pregiudicata l'altissima reputazione dell'Istituto Magistrale Aristide Fallotti, avesse caldamente consigliato al professore di ritirarsi anticipatamente, di tornare sull'Isola dov'era nato e, una volta lì, occupare una sedia della biblioteca civica.

Oggi più che a questo increscioso episodio, il professore, soprattutto dopo aver bevuto un bel po' di vino, pensa a tutta la sua carriera nella pubblica istruzione, che gli appare, ora lo vede con chiarezza, seduto ai tavoli lerci della Taverna, come una macchina enorme, un impietoso tritacarne che non ha mai lasciato anima viva; e forse lo stesso Istituto Magistrale altro non era che una colonia penale, dove lui per anni si è solo illuso di insegnare il latino, quando in realtà non era altro che un efficientissimo secondino.

Esci dalla Taverna e ti rimetti sulla via di casa col passo dell'ubriaco. Un giorno di questi potresti scivolare dalla riva, finire in mare ancora una volta e precipitare sul fondo, come un'ancora, senza che nessuno, davvero nessuno, arrivi a salvarti. Passi di fronte al pontile del battello dove si accalca la folla dei pendolari della spiaggia, ora coperti da felpe e giubbotti per il freddo improvviso. Hanno i volti arrossati dal sole, i capelli increspati dal salso. Prima del tramonto saranno dentro le loro case in Terraferma e l'Isola sarà nuovamente deserta.

Nessuno di quelli che arrivano sull'Isola nei giorni di festa per approfittare della spiaggia e delle temperature elevate del pomeriggio vorrebbe fermarcisi un minuto più del necessario; questa gente non vede l'ora di tornare in Terraferma, questa è la verità, anche se molto spesso un marito non lo confessa alla moglie, un nipote non lo confessa al nonno.

Gli spiaggianti arrivano sull'Isola con il chiaro proposito di andarsene, quasi fosse un obbligo, perché il paesaggio orizzontale e l'aria stantia dopo qualche minuto già li annoiano; li infastidiscono i canti dei gabbiani, l'odore di marcio che sale sempre dalla laguna, il costante sciabordare delle onde sulla battigia. E poi gli isolani, da secoli, vengono considerati meno di niente in Terraferma; lì non si può dire di avere a che fare con l'Isola o peggio di esserci nati e di viverci, senza venire immediatamente considerati come degli appestati; sull'Isola, e su questo sono tutti d'accordo, ci si può andare una volta nella vita, non è disdicevole farci un bagno, o una gita in barca, a patto di restarci il più breve tempo possibile, di fuggire, fuggire senza remore, appena dopo il pranzo o la cena di pesce, perché sull'Isola ci stanno gli isolani e di loro davvero non si può dir bene.

Così la pensano in Terraferma, tanto che quando parlano tra loro, gli uomini industriosi e mediamente colti che vi abitano, spesso negano di esserci mai stati sull'Isola, fingono di dimenticarsi di essersi incrociati a bordo del battello, o tra una bracciata e l'altra in mare; fanno finta di niente, insomma. E chi tra loro, in un momento di debolezza, confessa candidamente le sue gitarelle, viene guardato come un poveraccio, perché solo i poveracci finiscono sull'Isola, in mezzo agli isolani, che dio ce ne scampi.

Imbocchi Calle del Forno, non prima di aver tirato qualche calcio alle foglie secche e al platano, che evidentemente ce l'ha con te, e aver bestemmiato contro il sindaco Bertin che non asfalta le strade e non raccoglie la sporcizia. Davanti alla casa della Marzia c'è un gruppetto di donne. Tutte stanno piangendo per la Gigia.

La Marzia continua a ripetere che non si aspettava una morte così improvvisa. La cagnetta era vecchia, ma non così vecchia, e poi il veterinario l'aveva visitata due giorni prima e le aveva detto che era uno splendore, in formissima, che avrebbe campato a lungo, ci sotterra tutti, aveva detto letteralmente. Una delle donne le dice che perdere una cagna come la Gigia è come perdere un parente e la abbraccia. Un'altra le dice che è come perdere un figlio. Un'altra ancora dice che è peggio di perdere un figlio, perché gli animali non parlano e ti vogliono bene sempre, incondizionatamente, a differenza dei cristiani dei quali non ci si può mai fidare fino in fondo. Per tutte si tratta di una tragedia inspiegabile di cui deve rendere conto solo il padre eterno.

E piange la Marzia, come piange suo marito appena tornato dalla Rossana. E mentre piangono, le donne ripetono con gli occhi lucidi che non ci sono parole, non ci sono parole, che poi è esattamente la stessa cosa che sentivi dire a proposito della morte della Cinzia; parole che dicono l'assenza di parole, ovviamente accompagnate da sguardi di circostanza e da opportuni movimenti delle braccia. Non c'è niente da dire, niente da dire, ripetono. Poi una, la più ardita, si azzarda a commentare che la vita va avanti, proprio così, la vita va avanti. Ma per la Marzia è troppo presto, troppo presto per pensare a una vita senza la Gigia.

Quando ti vedono, le donne si zittiscono. Sanno bene che invece tu sei contento della dipartita della cagnetta, e ciò dimostra la tua malvagità, ma soprattutto la tua ingratitudine, perché, quando era morta la Cinzia, tutte loro erano venute al suo funerale, erano passate a stringerti la mano e a offrirti il loro aiuto. Tu non fai le condoglianze, non ti rammarichi, ma anzi, sparisci dentro casa tua con la certezza che non avresti mai più sentito quella bestia ululare tutto il giorno.

Il fatto è che te le ricordi benissimo quelle stesse donne parlottare tra loro sul sagrato della chiesa mentre la bara della Cinzia veniva portata su un carrellino verso il cimitero. Allora c'era anche la Wanda, col volto troppo contrito per non essere falso, che andava ripetendo come la Cinzia avesse finalmente finito di soffrire, avesse cessato le sue pene, come la sua morte insomma fosse stata una vera e propria benedizione di cui rendere grazie al padre eterno.

L'Assunta invece non piangeva e ricordava i bei tempi in cui andava in pellegrinaggio insieme alla Cinzia; lei era sempre la prima a preparare i panini per il viaggio, che poi lei era una cuoca mancata perché, come sanno davvero tutti sull'Isola, le sarde in *saor* come le faceva lei erano impareggiabili, tanto che ora le preparerà agli angeli quelle pietanze, beati loro, diceva.

La Bernardina, sentendo parlare di cibo, si era subito attivata e aveva insistito perché, una volta sepolta l'amica comune, qualcuno le desse la ricetta di queste sarde miracolose, prima che quel patrimonio immateriale si perdesse, considerando anche come suo marito fosse goloso e bisognoso di attenzioni.

La Rita, invece, faceva cadere lacrime copiose e insieme si lamentava del comune che, secondo lei, non gestiva bene il cimitero. Ditemi voi, diceva la donna, se è possibile seppellire i morti così vicini l'uno all'altro, che quasi si fa fatica a cambiare i fiori e a lucidare la foto, come le capitava con la tomba del fratello; anche per i morti, insomma, ci vuole un poco di intimità, e il Bertin ha poco da dire che sull'Isola si muore troppo, dovrebbe pensarci lui a risolvere la cosa in qualche modo, allargare di qua, ampliare di là, le tasse sui lumini devono pur servire a qualcosa oltre a tenere accesa una lampadina durante la notte, diceva.

Eppure sembrava stare meglio la Cinzia, era intervenuta un'altra che l'aveva vista al mercato proprio un mese prima della sua morte; sì, le aveva risposto un'altra ancora che l'aveva incontrata nell'alimentari della Ketty, pareva sciupata, ma non più di tanto, barcollava, ma non troppo. In ogni caso, aveva aggiunto la Bernardina che l'aveva vista in camera mortuaria, sta meglio adesso, privata delle sofferenze, così tranquilla che sembra dormire.

E tutte queste donne, ovviamente, parlavano anche di te. Eri rimasto solo da poche ore e già ti guardavano con disprezzo. Voglio vedere chi gli lava i pantaloni, diceva la Wanda, o chi gli fa da mangiare, faceva la Bernardina, oppure chi gli pulisce casa, aggiungeva la Rita; e tutte erano d'accordo sul fatto che te lo meritavi proprio di essere rimasto solo, perché uno come te era meglio perderlo che trovarlo. La Cinzia è sempre stata un bel po' ingenua, una che si faceva incastrare facilmente, perché se tu fossi stato il marito di una di loro, ti avrebbero messo in riga a calci in culo. La tua fortuna, la tua più grande fortuna, era stata proprio quella di trovare la Cinzia, che ti aveva permesso di fare tutto, il bello e il cattivo tempo, satanasso che non eri altro.

Poi tutte si erano messe in fila con le altre e avevano

accompagnato la bara della Cinzia in cimitero, conten-dendosi i piccoli santini che l'impresa funebre aveva stam-pato con la foto di tua moglie quasi fossero buoni sconto.

Consumi la tua povera cena prima ancora di spogliarti: una mantovana tagliata a metà con una scatoletta di tonno non scolata dall'olio e quattro sorsate di rosso direttamen-te dal brick. Mangiare ha perso gusto, come anche il dor-mire. Eppure a te piaceva mangiare. Ti piacevano il bac-calà, le sarde in *saor*, le seppioline, le *moleche* fritte, i ca-lamari ripieni, la pasta con le vongole, le cozze, la *luserna* alla griglia, il pasticcio di pesce; piatti che quasi sempre ti preparava la Cinzia che, per carità, sarà stata anche brutta e odiosa, ma tutto sommato non era male ai fornelli, an-che se tu le dicevi ogni volta il contrario solo per il gusto di opporti all'opinione altrui e perché non si montasse troppo la testa, che tanto glielo dicevano tutti che era bra-vissima e non serviva che tu ti aggiungessi al coro.

Bastavano le amiche della parrocchia e le organizzatrici della sagra della Madonna dell'Apparizione a farle i com-plimenti per come cucinava; e le vicine e la Simonetta, che prima di andarsene di casa le diceva sempre quanto le fos-se piaciuto questo o quello. Era necessario farla restare con i piedi per terra e non farla peccare in superbia, anche don Antonio sarebbe stato d'accordo. Per questo le ruttavi in faccia quando ti chiedeva se la minestra andasse bene di sale, o facevi volare il piatto per sottolineare il benché mi-nimo difettuccio nelle ricette, perché non era il caso di darsi troppe arie per le sue abilità culinarie, davvero.

Che poi questo glielo ripetevi di continuo, tu non ti fa-cevi da mangiare solo perché dovevi andare a lavorare, che se ti fossi messo ai fornelli tu certamente avresti fatto meglio, avresti fatto certamente un pasticcio più morbido, o una pasta più saporita, o un ragù degno di questo nome; e certamente saresti stato più bravo anche a stirare, a lavare i panni e a fare tutte quelle altre cose che la Cinzia faceva male.

Ogni volta che pensi al cibo, ti ricordi dell'ultima volta che hai mangiato fuori. In quell'occasione c'era anche la Simonetta, anzi era stata lei a invitare te e la Cinzia al ristorante. Ti sembra ancora di vederla, la Cinzia, già fiaccata dalla malattia, riprendere in mano i suoi gioielli e scegliere accuratamente i vestiti dall'armadio.

Quella volta, dopo essersi chiusa per un'ora intera in bagno, la Cinzia se n'era uscita fasciata malamente da una giacchetta troppo stretta che le faceva risaltare in maniera scandalosa i rotoli di grasso dei fianchi. Aveva pure avuto il coraggio di chiederti, perché proprio di coraggio si era trattato, come stava. Tu l'avevi guardata ancora una volta e ti era parsa incredibilmente ridicola, con quel cerone che a malapena copriva le venuzze delle guance e del naso, con quel rossetto che già si sbavava per il sudore. Così le avevi detto che era brutta, che anzi vestita di nero pareva una foca, mica come la moglie del Giordano, che si teneva ancora in forma, mica come la sorella dell'Ottavio, che era ancora una gran fica. In verità, glielo avevi detto per ridere che pareva una foca. Lei aveva abbassato gli occhi e poi era tornata in bagno per darsi un'ultima sistemata. La Cinzia era abituata alla tua sincerità, mica se la prendeva per certe cose.

Tu, invece, ti eri messo il completo grigio, quello con cui avevi partecipato al battesimo della tua nipotina Lara, quello con cui verrai sepolto, sempre che la Felicia non entri in casa tua prima della Simonetta e lo faccia sparire, così, per ripicca.

Quella sera a cena c'era anche il marito della Simonetta, abbronzato e sempre sudaticcio, che ancora oggi vende polizze assicurative in Terraferma. In passato, aveva pure provato a rifilartene una per la casa o per la barca, ma non per tua moglie, che era già più di là che di qua e quindi non era certo un buon affare. Tu eri sempre riuscito a rifiutare.

Se ti concentri, la senti ancora la sua voce stridula uscire dalla doppia fila di denti sbiancati. A tavola, lui parlava di lavoro e, insieme, tesseva le lodi dell'Isola, che pure non conosceva. Beati quelli che vivono qui, diceva quell'uomo a te e alla Cinzia, in questo posto meraviglioso, lontano dal caos della vita dei nostri giorni, che, diceva sempre quell'uomo, ci logora con i suoi ritmi frenetici, con la competitività più assoluta, con il digitale che qui pare non aver attecchito.

Poi si era messo a raccontare del viaggio a Sharm che avrebbe tanto voluto fare con tua figlia, una piccola fuga d'amore in un paradiso terreste, peccato che nel frattempo parte delle coste del Mar Rosso se le fosse mangiate il mare, appena prima di prenotare, altrimenti lui, fosse cascato il mondo, ce l'avrebbe portata la Simonetta. Poco male, aveva aggiunto, perché in attesa di trovare qualche altra meta degna della sua nuova condizione di uomo di successo, la settimana successiva avrebbe regalato alla Simonetta due giorni ad Abano Terme, pacchetto *all inclusive*, con tanto di accesso al centro benessere e alle piscine termali, in uno degli hotel più rinomati dei Colli.

Mentre parlava si vedeva chiaramente che tu e la Cinzia per lui eravate una specie di attrazione turistica, due personaggi di una commedia popolare, un po' come degli indios al cospetto di Colombo, di cui sorprendersi per la relativa urbanità dei costumi. Dopo la tua morte, certamente lui sarà il primo a infilarsi in casa tua, a rovistare in giro e, con lo sguardo dell'agente immobiliare, a cominciare a fare le prime valutazioni del caso.

Terminata la cena, con il sorbetto in mano, quell'omiciattolo, prendendo spunto da un assist del tutto involontario della Lara, aveva cominciato una dura requisitoria sui giovani di oggi, dura quasi quanto quelle che circolano tuttora alla Taverna, anche se politicamente più corretta.

I giovani, aveva cominciato, sono nati nella bambagia, hanno sempre avuto tutto, come la Lara, che è sempre stata accontentata; ma questo ha tolto loro la capacità di sognare, di immaginare un futuro diverso e, si sa, il futuro inizia dal sogno perché se uno vuole fortemente una cosa, dico io, come un posto di lavoro, una posizione, deve pensare che sono i suoi comportamenti a determinare la riuscita dei suoi progetti. Se vuoi essere ricca, Lara, devi pensare da ricca, aveva detto alla figlia. Poi tutto accadrà di conseguenza, fidati del tuo papà, funziona così.

Poi, senza nemmeno troppo stacco, aveva preso a parlare delle tasse e dello Stato sempre più impiccione, che ormai vuole sapere i cazzi di tutti per mezzo di quei figli di puttana della finanza, gli stessi, lo sai, che venivano a misurare le reti a bordo dell'*Audace* e che all'Ammiraglio facevano più paura dei soldati jugoslavi; gli stessi pronti a sequestrare le vongole sottomisura per farsi la pasta allo scoglio in caserma.

Il vino tira fuori il vero animo di un uomo, si sa, e così il marito di tua figlia, quell'essere insulso, assolutamente inutile nell'economia dell'universo, aveva continuato a disquisire sui segreti della vita coniugale. Vedi Simonetta, aveva detto a tua figlia, noi da quanto stiamo insieme? Venti anni? Li calcoli dal matrimonio? Allora quattordici, sì, quattordici... Chissà se staremo sempre bene come i tuoi genitori, guardali che belli, si amano ancora, vedi? La ricetta è dimenticare i torti e sopportare i difetti dell'altro, vero?, aveva detto, strizzandoti l'occhio in un'assurda richiesta di complicità. Ma oggi i sacrifici non li fa più nessuno. Viviamo in una società a sacrificio zero. Poco dopo, il marito di tua figlia si era piegato sul cellulare e finalmente si era messo la lingua in tasca.

Quella cena e quel ristorante, in ogni caso, sono diventati nella tua testa il punto di non ritorno di una mitica età dell'oro perduta per sempre. Poi la Cinzia era peggiorata e il cibo per te era diventato quello degli ospedali dove l'accompagnavi. Eri diventato esperto di ospedali. Di tutti, sapevi dove si trovava il reparto di oncologia, quale fosse il piatto forte del bar, come si chiamassero le infermiere più carine e gentili. Ti muovevi con scioltezza in quei luoghi asettici, sempre accompagnato dall'ombra inquieta della Felicia che ti odiava con tutte le sue forze, che se il suo odio si fosse convertito in amore per la sorella, allora lei si sarebbe certamente salvata, ci scommetti.

Vai in bagno. Dopo aver pisciato, ti guardi allo specchio sporco e non ti riconosci più. Hai l'impressione che il tempo ti abbia fatto un brutto scherzo, sia come schizzato in avanti e ti abbia portato direttamente alla vecchiaia senza tappe intermedie, senza nemmeno qualche segnale premonitore. E pensare che da giovane eri bello, davvero bello, anche se oggi ovviamente di quella bellezza non è rimasto niente.

Sei invecchiato male, questa è la verità. Non assomigli a quei palazzi e a quelle chiese barocche della Sicilia, che più si sgretolano, più si consumano al sole, più acquistano una loro grandiosa nobiltà. No, sei invecchiato come un condominio della Terraferma perso tra i capannoni industriali, cioè nel disfacimento più totale.

Alla tua età c'è anche chi non cammina, chi ha una malattia che lo costringe a letto per il resto dei suoi giorni; chi è completamente cieco, chi non ha più un rene; chi deve fare i conti con un tumore o con l'Alzheimer. Potresti considerarti fortunato, dopotutto. Alla fine, però, ogni uomo è la misura del suo mondo, considera solo se stesso, per quanto compassionevole, per quanto buono.

Non esiste sofferenza alcuna se non la senti sul tuo corpo.

Da giovane, avevi un fisico invidiabile, temprato dalle fatiche del mare; fisico che, tra l'altro, mostravi volentieri mentre saltavi da un battello all'altro senza camicia. Eri alto, molto più di adesso, avevi gli occhi e i capelli nerissimi, la bocca carnosa e ben disegnata. Piacevi a tutte le ragazze. Eri sempre nei pensieri di quelle più belle: la Evelina o la Fernanda, la Anna o la Sabrina si sarebbero accoppate tra loro per averti.

E quelle che non ti volevano, te le prendevi, come fanno i veri uomini. Come hai fatto quella volta con la Marina. Ti piacevano il suo corpo giovane, i suoi capelli lunghi, la sua pelle scura. Quando ti passava davanti, la Marina, la guardavi con desiderio. Tutti dicevano che stava venendo su bene, aveva sedici anni appena, ma per te era già pronta, anzi prontissima, per essere svezzata.

Quella sera di fine anni Cinquanta, te ne stavi con i

tuoi amici seduto al bar Stella; te lo ricordi bene quel locale che oggi non c'è più: il bancone lungo, i tavolini all'esterno, il gelato alla crema che la gente dell'Isola veniva a prendersi con ciotole e bicchieri portati da casa. Di solito lì vedevi la Marina col Giuseppe, il suo uomo, uomo per così dire perché secondo te era senza coglioni, il Giuseppe, una checca, non come te che hai passato la tua vita a testa alta e a cazzo duro. Mangiavano il gelato, i due, e tu non capivi come mai il Giuseppe non la trascinasse in spiaggia, non le strappasse il vestitino, non la mettesse a pecorina e non le entrasse dentro. Si limitava a sorriderle, il Giuseppe, a tenerle la mano, la checca.

Proprio non ti spiegavi perché anche il Giuseppe piacesse a tutte, perfino alla Evelina e alla Fernanda, alla Anna e alla Sabrina che, pare, vi mettessero proprio sullo stesso piano, vi considerassero, cioè, i due più bei ragazzi dell'Isola, come se tu e lui foste in qualche modo paragonabili. E pure gli uomini, perfino i più anziani, lo stimavano molto, tanto che spesso al mercato del pesce o seduti al bar si dicevano di quanto fosse bello e intelligente, il Giuseppe, o un grande lavoratore, un giovane rispettoso della famiglia, il figlio che tutti avrebbero voluto avere.

Quella sera di fine anni Cinquanta, però, la Marina ti era passata davanti da sola, col passo svelto di chi stava andando casa. Certo, se il Giuseppe l'avesse accompagnata, come faceva di solito, soprattutto la sera, e se tu, invece di fumare seduto fuori dal benemerito bar Stella, fossi stato in bagno, al jukebox o al banco a ordinare l'ennesimo amaro... Se, insomma, gli eventi non si fossero presentati esattamente come si sono presentati, allora le cose sarebbero andate diversamente, è ovvio. Eppure le coincidenze esistono, anche se ci si fa poco caso, o sempre meno caso di quanto si dovrebbe. Per questo, la Marina quella sera aveva stranamente salutato il Giuseppe dicendogli che non c'era proprio bisogno che l'accompagnasse, transitando poi sola davanti al bar Stella proprio quando tu eri fuori a fumare.

Vedendola, avevi spento la sigaretta che tenevi tra le labbra e ti eri avvicinato a lei. Eri bello quella sera, assolutamente più bello del Giuseppe. Le avevi chiesto se le andava di sentire una canzone. Lei ti pareva lusingata, sembrava volesse il tuo cazzo con tutte le sue forze, lo voleva, lo voleva con cattiveria, certo. Lei ti aveva detto di sì ed era entrata nel bar con te. Alla Marina non pareva vero di catturare le tue attenzioni dato che, sebbene ben formata, era appena sedicenne e non era né l'Evelina né la Fernanda e nemmeno la Anna o la Sabrina. Era ancora troppo giovane per entrare nel gruppo delle più belle dell'Isola, ma tu l'avevi scelta. Deve essermi grata, pensavi.

Ti eri avvicinato al jukebox che stava in fondo al locale e le avevi fatto ascoltare *Buonasera signorina* di Fred Buscaglione. Aveva ancora pochi minuti, la Marina, e poi sarebbe dovuta rientrare a casa. Te l'aveva detto verso la fine della canzone per invitarti ad accelerare i tempi, ovviamente, te l'aveva detto perché ti desiderava troppo. O almeno così avevi interpretato le sue parole.

Le avevi fatto tranguggiare un amaro, che pure era bastato per renderla più allegra del solito, alcuni direbbero più del dovuto, considerando che la Marina era una ragazza davvero poco avvezza all'alcol; poi, le avevi preso la mano e ti eri offerto di accompagnarla, da vero gentiluomo. Mentre ti allontanavi con lei, immaginavi alle tue spalle le facce compiaciute dei tuoi amici, per i quali eri una specie di punto di riferimento, il modello dell'uomo vincente che ottiene ciò che vuole.

Mancavano ormai pochi metri alla calle dove abitava quando tu le avevi proposto di farle vedere il peschereccio dove lavoravi, ormeggiato poco distante. D'altronde, l'*Audace* era una delle barche più belle dell'Isola, a dire la verità, bianca e azzurra, luminosa anche di notte. Lei non aveva saputo dirti di no. L'avevi fatta salire a bordo aiutandola con la mano. Lei tremava, povera: è così quando ci si avvicina al compimento dei propri desideri, pensavi. Sulla riva non passava nessuno. Il ponte del peschereccio era scuro. La luce gialla di un lampione rivelava le sagome di misteriosi attrezzi, di una tuta cerata, delle cassette per il pesce e creava altrettante zone d'ombra dove si celavano stacci e cime, parabordi e salvagenti.

La Marina aveva alzato gli occhi alle stelle. Ti aveva chiesto se conoscevi qualche costellazione. Avevi risposto con una scrollata di spalle. Gli uomini sono come le stelle, ti aveva detto poi, nascono, si raggruppano, muoiono, proprio come noi. Poi la notte che impasta ogni cosa, che rende tutto indistinguibile in un amalgama umidiccio, l'aveva afferrata per i capelli neri, inghiottendola all'improvviso.

L'avevi girata e le avevi infilato la lingua in bocca, un po' scoordinato, un po' violento, come deve baciare, per te, un uomo vero. La stringevi con forza mentre lei mugugnava di piacere, non sai se a causa della sua curiosità postadolescenziale, per il pochissimo alcol che aveva assunto o per il romanticismo iniettatole da Buscaglione. Ma allo stesso tempo, lei si divincolava come un pesce appena pescato, di quelli che tentano in tutti i modi di scivolare via, tornare nell'acqua. Ti bastava stringere più forte perché la Marina si lasciasse andare, come tutte le donne. Tutte uguali le donne. Tutte puttane, lo pensavi già allora.

Dopo un po' ti eri staccato. Lei era riuscita a dirti di farla scendere, che doveva tornare a casa. Tu invece le avevi afferrato una mano e le avevi fatto sentire la tua erezione. Non sai se lei avesse mai toccato un cazzo come il tuo. Certo era vergine, perché il Giuseppe figuriamoci se gliel'aveva messo dentro; no, mangiava solo il gelato con lei, il Giuseppe, rideva e basta.

Lei aveva tentato di divincolarsi ancora una volta, allora tu l'avevi spinta con tutta la forza che avevi in corpo sopra una montagna di reti puzzolenti piene di galleggianti e cime, le stesse reti che avresti srotolato in mare qualche ora più tardi. Poi le avevi alzato la gonna, scostato le mutandine, e le eri montato sopra. In un attimo le eri stato dentro. Sei bagnata, le avevi detto all'orecchio, sei bagnata, mentre lei mugugnava.

Bastava il peso del tuo corpo per fermarla e una mano sulla bocca per evitare che urlasse quello che, per te, era il suo piacere. Era tutta un fremito, godeva come l'ultima delle troie la Marina, mentre tu come un animale ti muovevi ritmicamente e gocce del tuo sudore le finivano direttamente in faccia. Le leccavi le labbra, le guance, la fronte. Non ne ha mai abbastanza, avevi pensato, così l'avevi girata, messa con la testa tra le reti e presa da dietro. Non vedevi più il suo viso ma solo i suoi capelli neri fluenti muoversi qua e là, vibrare ai tuoi colpi, agitarsi come l'acqua del mare quand'era solcata dall'*Audace*.

Avevi finito in fretta venendo sopra il suo vestito. Un vestito bianco con decorazioni floreali che era una meraviglia. Poi ti eri rimesso il cazzo mezzo insanguinato dentro i pantaloni e l'avevi aiutata a rialzarsi. La Marina sembrava un fantasma. Era davvero la prima volta. Te l'ho rotta, Marina, le avevi detto ridendo, te l'ho rotta.

Si vede che ha goduto, pensavi. Tu le donne hai sempre creduto di capirle al volo, di saper realizzare i loro desideri, anche quelli più osceni che a differenza degli uomini loro non ammetterebbero mai.

L'avevi fatta scendere dal peschereccio, bianca come un cadavere, tanto che si era sporta dalla riva e aveva vomitato. Pareva una strega con i capelli arruffati, il vestito macchiato, lo sguardo perso. Non era più così bella la Marina, non te la saresti fatta di nuovo quella notte, prima avrebbe dovuto darsi una sistemata.

Sotto il portone di casa sua, avevi provato a baciarla, ma questa volta lei era riuscita a sfuggirti. Appena entrata in casa, immaginavi si fosse tolta il vestito e avesse cominciato a lavarlo, dicendo a sua madre che era sporco di gelato, mentre sapeva di reti, di pesce, del tuo seme. Ti era complice, la Marina.

Per qualche giorno, avevi provato a scopartela di nuovo. La seguivi, la aspettavi sotto casa. Ma era sempre accompagnata dai genitori, da qualche amica o da quel cornuto del Giuseppe, che pure doveva aver notato qualcosa di strano. Se avessi potuto, lo avresti sgozzato come un maiale il Giuseppe, perché si vedeva che era lui che impediva alla Marina di venire di nuovo da te, di godere ancora. Eppure era così bello pensare che gli avevi scopato la donna, che quella mano che teneva nella sua qualche ora prima ti maneggiava il cazzo, che quel vestito a fiori forse sapeva ancora del tuo sperma.

Per giorni non sei riuscito a pensare ad altro, perché la

Marina la amavi, questo è chiaro. Nel tuo vocabolario la parola "amore", infatti, indica un'angosciosa mania di possesso, una gelosia malata, un'animalesca pulsione alla penetrazione, al leccare, all'afferrare, allo stringere, al dominare. Lo stesso amore che hai riservato per anni alla Cinzia.

Anche tua moglie non ti bastava mai. Fin dai primi anni di matrimonio, dopo cena te ne andavi dalla Ines, che ti coccolava fino a tarda notte mentre il marito era a lavoro o dalla Rossana, quando non c'era alternativa più economica. La Cinzia lo sapeva, ma essere sposati significa anche chiudere un occhio, sopportare il tradimento; si fa così per il bene della famiglia, soprattutto una volta che era nata la Simonetta, il bene di una famiglia cristiana, che nell'Isola deve mantenere le apparenze, avere un buon nome.

La Cinzia, poi, non si era mai sentita all'altezza delle tue voglie; non le piaceva che le sputassi addosso, che le penetrassi il culo, no, meglio che andassi fuori di casa a sfogarti, così lei era libera di guardare una telenovela alla TV, senza un ubriacone come te in casa.

In tempi più recenti, prima della malattia della Cinzia, prima che lei diventasse davvero inguardabile, te ne andavi al camper delle nigeriane, quello vicino al cantiere, dove spesso incrociavi il Maurizio. Sono stati quelli gli ultimi sussulti di vita del tuo uccello. Appena ti vedevano arrivare, quelle ragazze esperte sorridevano tra loro. Ti chiamavano il nonno e a te piaceva perché potevi pensare di scopare le tue nipotine dimostrando di che cosa era capace un vecchio porco.

Una di loro ti accompagnava dentro il camper e in quel piccolo ambiente, che sapeva di sudore e di un profumo dolcissimo da discount, ti eccitavi, anche se tu hai sempre odiato le negre, che pure sono arrivate tardissimo sull'Isola, quasi fossero una specie aliena che rischiava di mettere a rischio la fauna delle puttane locali, anche solo per il briciolo di esotismo che alberga in ogni uomo.

La ragazza di turno ti faceva sedere a letto e ti faceva leccare i suoi capezzoli. Si vedeva che non eri un cliente normale, con te godevano, pensavi. Poi lei cominciava a toccarti il cazzo, mentre la chiamavi brutta scimmia. Le nigeriane per te erano indecenti con quel culone largo avvolto in leggings fluorescenti e quelle labbra enormi, create appositamente per i pompini; con loro ti sentivi a tuo agio, libero di essere bestia tra le bestie in un camper di animali, proprio dietro al cantiere dove si rifaceva la carena ai pescherecci, dove si saldava e si dipingeva tutto il giorno.

Quando avevi finito, allungavi venti o trenta euro alla ragazza, che prendeva i soldi rapidamente, perché pare sempre brutto scambiarsi i soldi, anche con una puttana. Passata l'eccitazione, ti prendeva ogni volta il senso di colpa provato da ogni uomo che paga per scopare. Iniziavi a essere scontroso, a infastidirti se le ragazze ti sorridevano, cominciavi perfino a pensare alle malattie. Del resto, le avevi avute tutte, dalle verruche genitali alla gonorrea.

Tornavi dalla Cinzia con l'odore di quel camper addosso, guardavi l'ombra del crocefisso sopra la tua testa, e il corpo di tua moglie che da sotto il lenzuolo si muoveva lentamente al ritmo del suo respiro. Invece di sentirti vivo, venivi preso da una malinconia indefinita che non ammettevi neppure a te stesso. Per un attimo, ti facevi schifo. Poi ti addormentavi a bocca aperta e non ci pensavi più.

Una volta ammalatasi la Cinzia, non ci sei più andato a puttane, come non hai più giocato con le slot. Non ci sei più andato, nonostante il camper sia ancora là, dietro al bacino del cantiere, di fianco alla pompa di nafta. Ci sono nigeriane nuove, lo sai, giovani di vent'anni che ne dimostrano quaranta, che vanno con vecchi bavosi un po' meno vecchi e bavosi di te. Ma non ti interessa, non ti interessa più niente.

PARTE TERZA

Un cantiere stradale, i colpi di un martello, il vociare straniero di alcuni operai, le urla di un bambino e quelle di sua madre, i gridi dei gabbiani, il battito delle ali dei piccioni, il rombo lontano degli aerei, una risata sguaiata.

I suoni del giorno, lasciano il posto a quelli della sera. All'imbrunire, l'Isola si spegne, pian piano. Il canto degli uccelli si modula in toni più soavi, il rumore delle saracinesche che si chiudono porta con sé distratti saluti. La vita si sposta, per un poco, all'interno delle case. Lo sfrigolare delle padelle, il chiacchiericcio inconsistente, la sigla del quiz televisivo che guarda quella puttana della Marzia.

D'un tratto arrivano il buio e il freddo. Alcuni anziani giacciono su divani scassati, pronti per essere colti da provvidenziali infarti; gli insonni chiudono gli occhi sperando di non percepire più niente.

Quanto è bello e quieto l'uomo che dorme. Il mondo potrebbe non esistere, come i progetti, come i ricordi; potrebbe spegnersi nel sonno senza dover temere nulla, l'uomo che dorme. Per te è diverso. Tu sei l'ambasciatore degli uomini, funzione necessaria perché il mondo continui a esserci, perché non sia risucchiato nel più profondo degli abissi senza possibilità di ritorno. Non c'è sonnifero che tenga per i vecchi come te che alle spalle hanno una vita di pensieri o che forse temono, con qualche fondamento, di non risvegliarsi più. Non possono concedersi alcun riposo, non possono smettere di fare i conti con l'oscenità, con il disagio, con il male, i vecchi come te.

Una volta calato il sole, sei l'unico in grado di ascoltare il silenzio, di captare la musica segreta dell'Isola. Si tratta di melodie ignobili, adatte certamente all'umore cupo dell'ergastolano o del prete dubbioso, che sorgono dalle profondità del mare e vengono sospinte dal vento di bora.

Suite barocche scritte dalla mano svogliata di un compositore maledetto, stanco o sordo. Un concerto fatto del masticare del gabbiano cacciatore di granchi, dei risucchi forsennati della seppiolina, del rapido scuotersi del calamaro, della nuotata flessuosa dell'orata, degli strisciamenti sibilanti dell'anguilla. Note perverse arricchite dal suono grave delle cappelunghe e delle vongole, ritmate dalle secche percussioni delle chele delle granceole e impreziosite dai cori lamentosi dei san pietro, dal filtrare cadenzato delle cozze, dall'argentino agitarsi delle cicale di mare, dal tambureggiare sommesso delle meduse.

E quando i seriosi spirografi, che con il loro ondeggiare cauto e prudente dirigono l'abissale orchestra, chiudono la corona di branchie filiformi, si odono appena le partiture secondarie dei ghiozzi e delle occhiate, o gli eccentrici giri armonici dei saraghi e delle triglie. Un acuto ascoltatore come te, non potrà non riconoscere la terribile perfezione di ogni nota, di ogni singolo movimento, da quello subitaneo e rapido del paguro solista, a quello placido del murice che si trascina sul fondo. Una melodia fragile, dunque, simile alle ironiche e oscure marce funebri di New Orleans o alla tetra religiosità dei canti gregoriani.

La notte è fredda, a differenza del giorno; e nelle notti fredde, senza luna, quando l'Isola intera è avvolta dalla nebbia come se galleggiasse su una nuvola, a te manca l'aria. Tutto pare lamentarsi: i pesci e le alghe, il mare e il vento. Perfino i massi della diga, che potrebbero essere antiche e dimenticate sepolture, perfino i mattoni delle case, perfino l'erba che cresce ai margini della strada: tutto piange e soffre.

Tra poco sarebbe salita la marea, secondo quanto previsto dal bollettino, anche se non hai ancora sentito la sirena. Ti assopisci per un attimo sul divano, completamente sfatto, mentre l'Isola comincia a essere sommersa. Poi, come al solito, spalanchi gli occhi. Ancora quel pensiero, quel pensiero brutto, terribile: la paura della fine che accomuna gli uomini alle seppie, i topi ai granchi. La paura che, alla fine, le bestemmie non possano bastare.

Tutto è cominciato da quando sei stato toccato dal demonio, ne sei sicuro. Anche tu forse sei posseduto come l'Ondina. Eri solo un bambino quando per il villaggio si aggirava la Nena, una vecchia strega che per tutti, e soprattutto per tua madre che, manco a dirlo, era pia fino all'eresia, era l'incarnazione del diavolo. Un diavolo semplice, ordinario, dall'aspetto perfino benevolo, ma si sa che in quanto a camuffamenti il demonio è imbattibile e può assumere l'aspetto di ogni cosa. Anzi, più spesso è travestito da bene, il male, per potersi incistare nella storia indisturbato.

Gli occhi di quella donna erano glaciali e profondissimi e sembravano in grado di penetrare l'anima di chiunque. Ecco, il demonio forse non è altro che qualcuno in grado di leggerci dentro e vedere i nostri pensieri più intimi. Basterebbe questo per ricattarci per l'eternità.

La Nena era sempre vestita di nero e camminava a fatica. Le madri si raccomandavano con i figli di non avvicinarsi a lei e a quel cagnaccio spelacchiato che soleva condurre con sé e che, quando passava nei pressi di una chiesa o di un'edicola sacra, si metteva a ringhiare. I pescatori erano sicuri di vedere la bestia, nelle notti di luna piena, in cima alla diga, con la padrona poco distante, quasi fosse un faro pronto a orientare i demoni marini. Se la vedi scappa, ti diceva tua madre, corri via veloce.

Un giorno, mentre andavi verso il campetto dell'oratorio, avevi incrociato la vecchia. Avresti potuto tornare indietro, ma una forza misteriosa ti aveva trattenuto. Se la vecchia è il demonio, devi aver pensato, non potevi arrenderti alla sua potenza. Allora avevi stretto forte il crocefisso dono della prima comunione quasi fosse una sorta di amuleto magico, e avevi continuato a camminare. Gesù, ti dicevi, avrebbe fatto lo stesso. Anzi, chi sarebbe stato Gesù se non fosse stato tentato, se non fosse stato ammazzato?

Un contatto con la vecchia era ormai inevitabile, tanto che lei stessa ti aveva guardato con stupore. Era abituata a camminare lungo strade deserte dopo il fuggi fuggi generale che produceva il suo passaggio e ora, per la prima volta, un ragazzino sembrava non temerla. Quando le eri stato vicino, sorprendentemente ti aveva parlato. Ti aveva detto di non avere paura del demonio e dell'inferno, perché all'inferno c'eri già e che il mondo era la casa del demonio; demonio e uomo vivono insieme, e non così male come dicono i preti.

Subito dopo ti eri sentito chiamare alle spalle. Era tua madre che correva verso di te. La vecchia, intimorita, si era allontanata e, qualche giorno dopo, era sparita dall'Isola. C'è chi l'aveva vista evaporare tra i massi della diga, chi camminare sulle acque verso l'orizzonte; forse qualcuno l'aveva semplicemente ammazzata e buttata in canale dentro un sacco, come si faceva con i gatti randagi.

Tua madre prima ti aveva sculacciato forte e poi ti aveva condotto di corsa dal guaritore del *venco*, un vegliardo che col tocco di un bastone benedetto era capace di rimediare alle ferite degli ami, delle reti, delle spine, delle pinne. Lui ti aveva messo una mano sulla testa, aveva pronunciato una vecchia formula incomprensibile, ma poi si era candidamente dichiarato per niente competente in materia di esorcismi. Tua madre, allora, ti aveva trascinato dal parroco, il quale dopo una benedizione con l'acqua santa e l'ennesima incomprensibile formula sussurrata, si era detto a sua volta non ferratissimo in demonologia.

Alla fine, tua madre ti aveva portato da un frate deputato all'ingrato compito di estirpare gli spiriti maligni dai fedeli. Avevi passato insieme a quella figura curva, canuta, gentile ma ferma, circa mezz'ora chiuso in una stanza a subire benedizioni che ti parevano un supplizio troppo grande anche per il diavolo, mentre pensavi alla mamma, al papà, ai tuoi fratelli. Eri rimasto muto finché, esausto, non ti eri messo piangere. Per il frate quello era segno inequivocabile che lo spirito malvagio aveva lasciato il tuo corpo.

Ora non ne sei per niente sicuro. Anzi, sai che il diavolo ce l'hai proprio in corpo e con il diavolo ti tocca conviverci. Sai che l'inferno è in questa terra, non ci sono dubbi, e l'Isola ne è una sorta di succursale; una filiale dell'Ade per gente di mare.

Provi a chiudere gli occhi, ma non ci riesci. Strane ombre si accalcano alla porta del bagno, strisciano sotto il tavolo della cucina, si proiettano sulla televisione. Ombre di uomini e cani, che attraversano il soggiorno furtive, uccelli rapaci appollaiati sopra la credenza, tra i santini; tra i vestiti strisciano serpenti, ci scommetti.

Senti attorno a te lo zampettare di mille scarafaggi. Senti lo stringersi delle loro fauci, utilizzate anche contro i loro simili, un piccolo concertino fatto di antennine nervose, di zampette, di accavallamenti, scivolamenti, discese agli inferi e improvvise riemersioni. Alla luce dei lampioni che entra dalla finestra, vedi i loro corpi accalcarsi nel cortile, occuparne tutta la superficie, arrampicarsi sui muri e sulla grondaia, entrare in casa, passando sotto la porta, dalle finestre, dalle crepe dei muri; li vedi emergere dal pavimento, diventare un'onda terribile e nera, come quelle del mare quando c'è vento. Stai sul divano in equilibrio, come se galleggiassi in un oceano osceno; vorresti trasformarti tu stesso in uno scarafaggio, perderti in quel mare, tornare nelle fogne alle prime ore del giorno.

Accendi la luce. Due scarafaggi scappano atterriti, mentre ti alzi a fatica, rabbrividendo per il freddo. Non c'è limite al dolore e all'ingiustizia. E nessuno può far valere il suo serbatoio di sofferenza alla fine della vita. Sperequazione e ingiustizia, questo vuol dire vivere. E allora pensi di dover agire, di dover porre un rimedio. Perché il male, il male vero è fatto di discorsi vuoti, di parole di circostanza, di mezzi sorrisi di compassione, di mani giunte in inutili preghiere, di pacche sulle spalle, di false speranze. Non c'entra nulla il demonio col male vero; ce lo costruiamo da noi l'Inferno.

Ti infili gli stivali per l'acqua alta, il cappotto che ti è stato regalato dal figlio del Fasiolo e scendi in cantina. Ne esci con una valigetta in mano. Apri il cancello. La tua ombra percorre furtiva Calle del Forno, fino ad arrivare al grande platano che, nonostante i repentini cambiamenti di temperatura, continua a fogliare.

Ti appiattisci contro il muro, come uno scarafaggio. Poi senti chiaro e forte il suono della sirena. Tra poco l'acqua si sarebbe presa ancora una volta la calle, il villaggio, l'Isola intera. Ti avvicini all'albero che per il vento crescente sta continuando a perdere le foglie e inizi ad armeggiare alla sua base. Con un trapano a batteria fori le radici, crei dei buchi alla base del tronco. Mentre lo fai pensi che sia tutta colpa del comune. È il sindaco Bertin il primo responsabile dell'incuria, del disfacimento generale, del decadimento dei valori, financo della fine corporale a cui tutti gli abitanti dell'Isola sono destinati. Il comune e il sindaco che ha su per giù l'età della Simonetta e quindi è ancora inesperto delle cose del mondo.

Ma non sei così ingenuo. Sai che ci sono altri responsabili in provincia, in regione, a Roma, in Europa. Se non fossero tutti collusi, non si spiegherebbe perché quel platano continua a sporcare il mondo con le sue foglie morte, a distruggere l'asfalto con le sue radici. La Marzia se ne frega, gli altri vicini se ne fregano, ma è una questione di principio, di giustizia. Perché il sindaco Bertin, quel cane assassino, vicino a casa sua non ha di questi problemi, là li fa potare gli alberi, mentre tu devi pulirti la strada da solo, devi sopportare lo sporco e le foglie che rischiano continuamente di farti scivolare. E poi quell'albero è vivo, mentre tutto intorno a te deve essere morto e immobile.

Ti chini in corrispondenza dei buchi. Appoggi il trapano e inizi a versare il contenuto di alcune bottigliette di plastica dentro i fori: un poco di solvente, un altro poco di acido muriatico, mezzo litro di benzina. Tra qualche giorno, soprattutto se il trattamento fosse stato ripetuto, quell'albero si sarebbe spogliato definitivamente di tutte le sue foglie.

Mentre il movimento ambientalista cresce, mentre la terra si riscalda come fosse dentro a un microonde, uomini come te non provano vergogna alcuna per il fatto di essere ancora in vita, non si vergognano di respirare, di inquinare l'atmosfera con i loro peti. Non si vergognano, mentre i poli si squagliano, di chiedere ai passanti qualche euro per le esche. Non si preoccupano, questi uomini, del mare che mese dopo mese continuerà a mangiucchiare la spiaggia, per arrivare poi alle calli, alle case, fino a sommergere tutto. D'altronde, per gente come te, l'annegamento è una fine onorevole, dopotutto. E finché l'oste cinese avrà vino, allora non esisteranno problemi insormontabili, sofferenze così grandi da non poter essere a loro volta annegate.

Torni in cantina, riponi il trapano e prendi la bomboletta spray nera che avevi comprato per dipingere la calotta del tuo fuoribordo. Esci ancora, nel buio. Certo, i tuoi avi, ammesso e non concesso che gli avi possano davvero condizionare la vita di qualcuno, sono stati eretici, assassini, avvelenatori di pozzi, untori, piromani, stupratori seriali, stregoni da sabba. Sono finiti al rogo o sulla graticola, i tuoi avi, condannati da solerti inquisitori domenicani, questo è sicuro, perché durante la notte ti muovi con troppa facilità, nel nero che nemmeno i nuovi lampioni a led, frutto della lungimiranza della nuova amministrazione comunale guidata da Bertin, riescono a vincere del tutto.

La notte l'Isola brulica di traffici illeciti, di passamano sospetti, di buste rigonfie di denaro, di commerci di pistole, di lucidamenti di coltelli. E quelle che a prima vista sono pozzanghere, rivelano la loro natura di pozze di sangue, unico segno di cruenti omicidi; quelli che sembrano ululati di cane sono i lamenti di uomini indifesi, di donne malmenate; i portoni che di giorno apparentemente sono abbandonati si schiudono ad amanti adulteri, a perversi ottantenni, a sette eretiche, a messe nere.

Quando un pescatore non accorto porta a terra la mostruosa rana pescatrice, pesce maledetto, ricettacolo degli spiriti più colpevoli, che appena pescato brilla nella notte come un fantasma, i seguaci di Mefistofele si agitano con più vigore incentivando le azioni più turpi, le più terribili vendette.

La forza pubblica, saggiamente, non interviene, perché tutti sanno che al mattino successivo le tracce di ogni crimine saranno celate, il sangue dilavato dalla marea, i corpi occultati, le grida svanite. La legge degli uomini è lenta come i due carabinieri che ogni tanto pattugliano controvoglia la riva per poi rintanarsi in caserma al primo suono della sirena.

Ma più dei criminali, sono i peccatori. Peccatori effettivi o potenziali, peccatori con parole, con atti o con pensieri, come previsto dalla Chiesa. E come potrebbe essere altrimenti in questo luogo per sua natura cunicolare, dove le piccole calli, le minute corti, le rive spesso sommerse, non permettono a nessuno, se non a un peccatore, di orientarsi?

Sull'Isola il peccato vero è non delinquere, non accostarsi alla colpa, non giocare con la morale e i rimorsi, non approfittare dell'opportunità di tornare in contatto con la parte animale dell'uomo da secoli repressa, eppure così viva, così determinante. Sognano, più o meno segretamente, di rotolarsi come porci nel fango e nella merda, gli uomini.

Ti muovi veloce. Costeggi le facciate buie delle case, tutte uguali e tutte diverse, come possono esserlo solo le forme della natura. Abitazioni che sono loculi di morti senza nome, consumate dal sole e dal salso che, approfittando della porosità dei mattoni, si arrampica fino ai piani superiori, fino alle ginocchia di qualche vecchietta sola. Piccole costruzioni dall'aria sfatta, come di puttana di statale, le cui finestre, talvolta, s'illuminano, lasciando intravedere la sagoma di un uomo talpa, di un uomo-paguro.

Non ci sono fondamenta che tengano, questo è chiaro. L'intero villaggio è costruito sulla melma e nella melma ritornerà, dicono gli esperti. Per questo ogni abitazione, pur sembrando immobile, durante la notte scivola, si muove come creatura anfibia o gasteropode limaccioso e non di rado accade che due o più case si avvicinino così tanto da fondersi, unendo forzosamente storie e famiglie, o che si separino, dopo anni di convivenza tramezzo a tramezzo. Bisogna accettare la compenetrazione e la separazione dagli altri come qualcosa d'inesorabile, un fenomeno meteorologico, una pena per aver peccato, in maniera sempre misteriosa ma certa, verso la storia o qualche divinità.

Percorri la notte scansando cumuli d'alghe e una piccola barca portata in secca dalla marea. Fuggi sotto gli occhi dei gatti randagi che ti guardano tra il pattume. Sono i discendenti dei gatti che hai ucciso. Quando eri giovane, li catturavi la sera, li mettevi dentro un sacco, due, tre, quattro, cinque alla volta con un paio di mattoni. Dentro il sacco si agitavano, si ferivano a vicenda. Poi li gettavi nell'acqua nera della laguna per spegnere il loro miagolare.

Da ragazzino, assieme al Tocia, ne avevi perfino impiccato uno. Era un gatto nero che pareva avesse il demonio addosso, come quello dell'Ondina. Eri stato tu a realizzare il piccolo cappio, un cappio in miniatura che poi il Tocia gli aveva infilato al collo. Gli avevate fatto pure il processo a quel gatto che non voleva saperne di stare fermo. La condanna a morte vi era parsa inevitabile.

Ora tutti i gatti ti guardano minacciosi e, se potessero vendicarsi, lo farebbero.

Se il giorno è dei cani, ovviamente accompagnati, la notte è dei gatti. Gatti spelacchiati e macilenti, assolutamente placidi nelle ore più calde del giorno, riottosi quando le nuvole sono troppo basse, il vento troppo freddo, la marea troppo alta. Gatti che non disdegnano brevi conversari, subito pronti a fuggire col pretesto di una caccia fulminea o di un altrettanto improcrastinabile bisogno fecale.

Svolti in una calletta, mentre l'acqua inizia a fuoriuscire dalle rive, a occupare le strade. I gatti vivono un po' come te, alla perenne ricerca di angusti rifugi sopraelevati, fatti di scatole di cartone, di assi di legno, di cassette della frutta capovolte. I più fortunati occupano sicurissime altane o l'altare sconsacrato di una piccola cappella, nella quale si può ancora percepire l'olezzo dell'incenso e l'eco delle deliranti parole di un prete prossimo alla pazzia. E incontrando gli occhi di questi animali, così schivi e a modo loro rancorosi, non puoi non pensare che i gatti siano la reincarnazione delle anime dei morti non ancora insediatisi nell'Ade; defunti provvisori, quindi, in attesa che la farraginosa burocrazia plutonesca faccia il suo corso.

Non è un caso, a pensarci bene, che il più delle volte siano le vecchie alla soglia della morte a prendersi cura di loro, attratte dai loro osceni borgorigmi. I gatti non sono soltanto gatti, come gli uomini non sono soltanto uomini.

L'acqua nera, sulla quale galleggiano macchie di nafta e cadaveri di piccoli animali, sgorga dai tombini, allaga le calli. Aumenti il passo. Vorresti correre se avessi ancora l'età per farlo. Il sudore comincia a scenderti dalla fronte.

La notte è un luogo per amanti e ladri, assassini e puttane. Per questo, a ogni passo ti si senti braccato, anche dalla tua ombra proiettata sui muri. La luce dei lampioni si spalma sullo scheletro del villaggio, pallido e incerto. I tuoi passi segnano il ritmo della vita residua dell'Isola, come anche lontane urla di giovani bevitori e di ragazze starnazzanti. Corri, trascinando le gambe e lottando contro il fiato corto. Attraversi con sospetto sottoportici bui, ti fermi a una piccola edicola con un crocefisso. Il Cristo, dipinto malamente, sembra ubriaco; la sua bocca scomposta, a un certo punto, sembra riservarti oscure maledizioni. Scuoti la testa e riprendi a correre.

Stai fuggendo dalla paura, da quel pensiero malefico che ti perseguita. Dal ricordo di un fatto atroce accaduto decenni fa, che ti si presenta puntuale ogni giorno, mentre mangi, mentre fumi, mentre bevi alla Taverna, mentre sei seduto al gabinetto. E il male compiuto invoca altro male, perché non c'è redenzione dopo un fatto così tetro, buio come le pieghe di un vestito, gli angoli della tua casa, la laguna quando è notte.

Per questo bestemmi. Fai esplodere il tuo scarno vocabolario per trovare epiteti sempre nuovi a dio e ai santi. Bestemmi così tanto, che le tue bestemmie non sono altro che una litania religiosa, il canto sommesso di un monaco deviato. Alla fine, le tue bestemmie sono il catalogo della creazione, che poi coincide col potere di dio stesso.

Anche tu attendi, come i membri della setta degli Angeli,

la fine del mondo, il giudizio universale, l'imperdibile appuntamento nella valle di Giosafat; poco prima immagini che ogni uomo avrà fretta di confessare le sue colpe. Don Antonio sarà svegliato nel cuore della notte dalla perpetua. Lei sarà la prima a chiedergli di confessarsi, di essere assolta e benedetta, alla vigilia di un appuntamento così importante.

Poi arriverà il diacono, prima ancora che don Antonio indossi l'abito talare e si possa risciacquare la faccia. Successivamente si formerà una piccola fila al confessionale. A don Antonio non sembrerà vero, una confessione di notte, alla sola luce delle candele che rende l'atmosfera solenne, romantica perfino. La sua importanza, in quanto unico prete dell'Isola, aumenterà sempre più. Ascolterà con attenzione, don Antonio, darà consigli, punizioni, tutto senza timore che gli altri sentano, perché il momento sarà urgente e non ci sarà tempo per le formalità.

La coda dei confessandi, però, aumenterà sempre più. Don Antonio comincerà a patire l'ansia. La gola gli si seccherà alla trentesima assoluzione, mentre la chiesa si trasformerà in un indecente caravanserraglio, un miscuglio di lacrime e urla. Prima le donne e i bambini, proporrà qualcuno, prima gli assassini e i pedofili, proporrà un altro.

Don Antonio uscirà dal confessionale, inviterà i fedeli a confessarsi in gruppo e così tra le navate si mescoleranno tradimenti, furti, inganni, male parole, turpi omicidi, ruberie, fantasie sconvenienti. La chiesa sembrerà esplodere di tutti i mali del mondo, quando don Antonio sarà preso da un terribile dubbio. Chi lo avrebbe confessato? In quanto uomo anche lui ha peccato, anche lui ha fatto pensieri impuri, ha bevuto più del necessario, ha insidiato la perpetua e le parrocchiane. Chi, allora, lo avrebbe salvato dagli inferi, chi si sarebbe preso questa responsabilità?

Don Antonio sarà calpestato dalla folla, soffocato dalle penitenze e dai piedi dei fedeli. Se ne andrà senza il perdono di nessuno giù negli inferi.

O forse ti sbagli. L'intera umanità vive in un equivoco senza precedenti. Il giudizio universale c'è già stato. Gli uomini sono già stati giudicati e nel mondo che chiamano mondo, nella vita che chiamano vita, stanno scontando la loro pena. Aveva ragione la Nena, la vecchia ambasciatrice del demonio: l'inferno è adesso.

Avanzi rapido tra le ombre, gli occhi dei gatti, le corse dei topi. Raggiungi la canonica, una piccola casetta bianca di lato alla chiesa. Lì don Antonio sta dormendo il sonno dei giusti, in pace, dopo aver compiuto le sue mille incombenze. Dalle finestre dell'ospedale psichiatrico arrivano le bestemmie dei religiosi internati. Il loro canto è un inno al dio della corporalità, quello che mangia i pensieri delle sue vittime, che le fa affondare nel fango dell'ossessione.

Ti guardi in giro. L'Isola è avvolta dalla nebbia più fitta. Estrai dalla tasca del cappotto la bomboletta spray e sul muro immacolato scrivi a chiare lettere:

«PRETE PEDOFILO MAIALE».

Don Antonio, lo aveva voluto lui! Lui che aveva incensato la bara della Cinzia durante la messa, le aveva pure augurato buona vita eterna senza vergognarsi. Tutti i preti, nessuno escluso, sono responsabili di questa illusione collettiva, di questo avvinazzamento della morale, parlano tanto del prossimo, i preti, e poi vogliono i soldi, cento euro per benedire una cristiana già morta; si sentono a disagio quando incrociano uno zingaro e pregano che un nero non bussi alla porta della chiesa chiedendo carità, perché mica è obbligatorio dargliela la carità: Gesù dopotutto non era mica nero, era un biondino, era dell'Alto Adige, insomma.

Pochi metri e raggiungi il municipio. Un edificio basso, non dissimile dalla canonica, a dire il vero, da cui pendono bandiere sgualcite. Con mano altrettanto precisa e rapida scrivi:

«BERTIN LADRO VILIACO».

Proprio così, *viliaco*, che l'ortografia non è mai stata il tuo forte. Ecco, ti dici guardando il tuo capolavoro, ora lo hai sputtanato per bene, tutti potranno leggere. Hai fatto giustizia questa notte, giustizia sì, ma è ancora troppo poco, troppo rimane da fare. L'intero paese, pensi mentre torni a casa, è avvolto dalla merda e dal degrado. L'universo stesso è una stellaglia informe, senza logica, dove gli uomini nascono, si raggruppano, e muoiono, proprio come ti aveva detto una volta la Marina; vivono, gli uomini, sulla crosta di un laghetto di acqua marcia come cozze, come pidocchi.

Un tempo l'Isola era un posto migliore, pensi. Le madri erano madri, i padri erano padri; si usciva di casa e si andava al bar Stella, che ora non esiste più, con la scodella per prendere il gelato alla vaniglia o si scendeva in piazza per mangiare una crema fritta. I vecchi erano rispettati, erano i padroni della casa e raccontavano storie paurose ai nipoti accanto al fuoco, mentre si aspettava che la polenta si raffreddasse per tagliarla con lo spago. Il padre sgridava e insegnava un mestiere ai figli e non erano tutti professori come oggi. Arrivava a casa col pesce fresco, il padre, con i *barboni*, con i soasi, con i branzini, con i *peoci*, e poi ancora con le seppioline e gli *sfogi* e i *sardoni* e gli *spari* e i rombi e i *passarini* e gli *otregani*. E l'intera Isola era colorata, piena di volti e di musica e delle ragazze più belle, forse anche più belle della Evelina e della Fernanda, della Anna e della Sabrina.

Una volta le donne facevano le donne, pensi. Sapevano qual era il loro posto nel mondo. Erano felici, le donne di allora. Non come quelle di oggi, quelle moderne, come tua figlia, la Simonetta, che non ti chiama più, nemmeno per sapere se sei vivo o morto perché dice che è sempre stanca, che è sempre stressata. Oggi tutti sono cattivi, sono bastardi. Ed è più forte la paura dell'agonia, della malattia, dei medici e delle medicine, della morte, di essere portati al cimitero e sotterrati sotto chili e chili di terra con una croce del comune sopra la testa.

Anche in guerra si stava meglio. Tuo padre che aveva fatto quella del '15-'18 te lo diceva sempre; almeno si cantava un po', in guerra, ci si faceva compagnia. Una notte, tra le montagne dell'Altopiano, si era addormentato mentre era di vedetta. Il tribunale militare lo aveva condannato a morte, ma in realtà era stato soltanto rinchiuso a Gaeta in mezzo ad altri che come lui si erano addormentati. Una prigione di dormienti, per criminali del sonno, insomma.

Una volta gli uomini erano migliori, pensi, mentre ti addormenti sul divano senza nemmeno toglierti il cappotto.

PARTE QUARTA

L'alba sull'Isola sorge svogliatamente, senza troppa convinzione. Tu bestemmi ad alta voce. Ti è caduto un vasetto di esche sotto sale. Con la mano, raccogli le sardine e le metti da parte. Il sale, sparso su tutto il pavimento, lambisce le tue ciabatte piene di polvere e peli. Ti chini e pulisci le piastrelle con i fazzoletti dei Tedeschi che non valgono nulla e si squagliano subito.

Come al solito, esci con la bici. Il freddo del mattino è insopportabile, ma la nebbia della notte non c'è più. I colori dell'alba sono meravigliosi per gli altri, tu invece non ci fai caso, non ti interessano queste cose. Per te le stelle sono i lumini di un cimitero lontano. L'alba, un incendio in cielo.

Prima di arrivare alla diga, passi davanti all'oratorio. È prestissimo, ma di fronte alla canonica ci sono già i carabinieri in compagnia di don Antonio. Ci sono anche i due parrocchiani, baciabanchi di prima categoria, che avevano dato l'allarme. Tra poco avrebbero preso un secchio di pittura per cancellare quella scritta ingiuriosa.

I carabinieri avrebbero indagato senza troppo impegno e avrebbero finito per incolpare la misteriosa banda di ragazzini sfaccendati che, da mesi, si divertirebbe a vandalizzare l'Isola, incendiando i cassonetti delle immondizie. Nessuno sa che sei sempre stato tu, perché tutti quei rifiuti, escrementi del consumismo, ti infastidivano. Emanavano un odore indecente, i cassonetti, e allora, con una bottiglietta di benzina, più volte sei andato a far giustizia, sognando di provocare incendi maestosi, autodafé salvifici, che si allargassero anche alle case degli isolani e, perché no, alle sepolture del cimitero per dare una seconda morte ai corpi che la bramano. Invece tutto si era sempre ridotto a fuocherelli vivaci, ma brevi, che si erano spenti da soli, in una nuvola di fumo nero e acido, ben prima dell'arrivo dei pompieri.

Questi ragazzini sono anche accusati di uccidere i cani con polpette avvelenate, di buttare i gatti randagi in mare, di intossicare gli alberi, di citofonare alle due del mattino all'ospedale psichiatrico innescando un coro infinito di bestemmie, di scrivere lettere minatorie con i ritagli dei giornali. E tutto questo perché si annoierebbero, cosa che d'altronde è impossibile non fare su un'Isola sommersa dodici ore al giorno, dove mancano i cosiddetti "luoghi di aggregazione".

Essere adolescente sull'Isola è certamente peggio che essere vecchio, tanto che nemmeno i cellulari prendono bene e, per le fisiologiche attività masturbatorie, i giovanissimi sono obbligati a ricorrere a qualche vecchia rivista con in copertina Sharon Stone o Valeria Marini. Bruciare, picchiare, derubare, deturpare, inquinare è inevitabile per questi misteriosi giovani. Tu stesso, talvolta, ti convinci che questi teppistelli esistano sul serio e che ti facciano concorrenza.

I carpentieri lavorano a bordo dei battelli ormeggiati. È tutto un saldare, un tagliare, un raschiare, un imbullonare. Il mondo intero si salda, si taglia, si sega, si dipinge, ogni giorno. E questo clangore di martelli, di seghetti alternativi, di fiamme ossidriche e compressori, per te è semplicemente il rumore della vita che scorre.

Il tempo cambia. Il *garbin* rinforza e porta verso l'Isola insetti di ogni tipo dalla Terraferma. Il tempo cambia, come cambiano, con velocità prodigiosa, le epigrafi intorno a te. Pubblicazioni fresche di morti insepolti. Grandi bestemmiatori ora ridotti a una piccola immagine posta vicino a cristi misericordiosi, a madonne con mani giunte e sguardo pietoso, a frasi del vangelo. Questa è la beffa più grande: una vita di *porchi* viene sconfessata all'ultimo dai format delle pompe funebri.

Arrivi in diga. Il grande faro che si innalza tra il niente e le scogliere artificiali, piantato nel cemento che avrebbe dovuto salvare l'Isola dall'innalzamento dei mari, il grande faro non è altro che un enorme dito medio che ti manda a fanculo. Come manda a fanculo l'umana stirpe tutta, con le sue chiacchiere da sottoportico.

Per un attimo ti viene ancora quel pensiero brutto brutto. Fai fatica a immaginare il mondo senza di te, quando non ci sarai più; così pensi di poter sopravvivere, di sopravvivere a ogni cosa, perché sei impastato con l'odio, e l'odio rende immortali, secondo la logica dell'inculare o dell'essere inculati, l'unica che conosci. Sopravvivrai per scontare il senso di colpa che ogni giorno ti logora. Per scontare tutta la tua pena.

La mappa dell'inferno in cui ti trovi a vivere si può tracciare con precisione millimetrica, questa è la verità. Basterebbe unire ogni sofferenza, i punti morti del mondo, come in quel giochino della settimana enigmistica, fino a creare un reticolato, una gabbia che avvolge il pianeta e che imprigiona gli uomini come le seppie.

L'inferno è una trappola tesa, è un ricordo che non si può cancellare.

La Marina, in piazzetta, stava sempre abbracciata con il Giuseppe. Lui le teneva la mano, la stessa mano che ti aveva toccato il cazzo qualche sera prima. Era una troia, la Marina, come tutte le altre ragazze. Li guardavi, i due, con occhi cattivi. Ma era il Giuseppe quello che odiavi di più, perché era sempre gentile con tutti, sempre sorridente. Lo sapevi che la sua era una tattica perché tutte si innamorassero di lui, scolarette e suore, fornaie e maestre. Eppure gli mancava la tua cattiveria e nella vita ci vuole la cattiveria, hai sempre pensato, perché quando si tratta di picchiare, vince chi picchia più forte. E tu lo avresti steso a occhi chiusi uno così, ne eri sicuro. In paese si diceva che se la sarebbe sposata quella troia della Marina, e non ti spiegavi come mai lei preferisse un tipo del genere a te che l'avevi sverginata tra le reti dell'*Audace*, che le avevi fatto capire cosa vuol dire essere ficcata da un uomo vero.

Quando era solo, ti avvicinavi al Giuseppe. Lo urtavi, lo guardavi sorridendo. Ti ho scopato la donna, avresti voluto dirgli, le ho rotto la figa; tentavi di provocarlo in ogni modo così da potergli finalmente spaccare la faccia. Ma lui ti ignorava. Al bar Stella giocavate al biliardo fino a tarda notte. Scommettevate soldi e rispetto, ma anche al biliardo sbilenco del bar Stella vinceva sempre lui. Una volta, dopo l'ennesima sconfitta, gli avevi tirato un pugno in faccia, gli avevi dato della checca, gli avevi fatto intendere di aver assaggiato la Marina. Lui era stato trattenuto dai suoi amici. Uno di loro gli aveva detto che non valeva la pena che si sporcasse le mani con uno come te. Ti consideravano meno della merda. Ma tu la Marina l'avevi avuta e pensavi pure che le fosse piaciuto.

Poi era arrivata quella domenica mattina.

Grandi nuvole nere si ammonticchiavano all'orizzonte e da nord arrivava un vento freddo. Sulla diga bambini e ragazzi si divertivano a pescare, approfittando della marea favorevole. Tra loro, c'eravate tu e il Giuseppe. Per te quella battuta di pesca era l'ennesima sfida per il diritto di avere la Marina, per nutrire il tuo ego che non avresti saziato con tutto il pesce del mondo. Il vento rinforzava e le nuvole nere si avvicinavano sempre più.

Alle prime gocce di pioggia, tutti i pescatori avevano radunato le loro cose ed erano corsi verso il villaggio. Era chiaro che di lì a poco si sarebbe scatenato un temporale. Il mare ribolliva, mandando spruzzi sempre più alti sugli scogli artificiali.

Tu e il Giuseppe eravate rimasti. Le vostre lenze erano tesissime, le canne piegate dalla corrente. Entrambi vi eravate imposti di non abbandonare la diga, come per una prova di coraggio, e tu ne avevi da vendere, perché il coraggio non è virtù umana, ma propria delle bestie.

Pensavi a tua madre. Certamente ti avrebbe rimproverato per non essere tornato a casa, si sarebbe preoccupata aspettandoti alla finestra, ma non potevi andartene prima del Giuseppe. Le vostre due figure dritte, con la canna in mano, si opponevano al vento, agli schizzi, alla pioggia, mentre il temporale cominciava a infuriare.

All'improvviso la canna del tuo rivale si era piegata in avanti per gli strattoni. Un grosso pesce aveva certamente abboccato. Lui stava vincendo ancora una volta, come al biliardo, come a carte, come con la Marina. Il Giuseppe sorrideva, anche se le braccia erano in tensione per lo sforzo. L'acqua, nel frattempo, si era fatta nera, l'inferno stava per avvolgerlo, anche se lui non se lo aspettava.

L'inferno è in ogni luogo e può mostrarsi senza preavviso; i progetti, i pensieri per il futuro, la stessa prospettiva di un dopo non possono garantire la sopravvivenza. Per capirlo, basta guardare con attenzione i massi della diga, ricoperti di sale e rifiuti, osservare la morte dei pesci, la marea che sale: l'inferno si scorge per indizi.

Il Giuseppe aveva cominciato a girare il mulinello con fare esperto, mentre la canna si piegava per gli sforzi del pesce che comparve poco dopo. Si trattava di una bellissima orata, più di mezzo chilo di sicuro, che brillava all'argento delle nuvole che sopra la sua testa scaricavano pioggia; un'orata con la corona d'oro brillante. Il Giuseppe sorrideva ancora, mentre tu piegavi la testa sotto la pioggia che cadeva copiosa. Scrutavi con rabbia la punta della tua canna, tesissima, che cominciava a patire il peso delle alghe trascinate dalla corrente.

Il Giuseppe aveva iniziato a recuperare il pesce; gli mancava pochissimo per tirarlo sul camminamento della diga, ma il suo piombo si era impigliato su alcuni rami incastrati tra i massi, rami che erano arrivati chissà da dove. Aveva provato a tirare con forza, il Giuseppe, a dar lenza, a recuperare, a strattonare, a cambiare posizione. Tu lo guardavi immobile mentre pensavi a quanto la sorte fosse imprevedibile, non seguisse mai un copione che non fosse infernale e illogico. Una persona non può avere sempre fortuna, pensavi; vivere è un po' come tirare una monetina: ogni volta si riparte da zero.

Ora il Giuseppe bestemmiava, mentre la pioggia gli batteva in faccia, mentre le onde passavano la diga da parte a parte, e tu godevi. Aveva lasciato la sua canna ed era sceso lungo i massi della diga, a piedi scalzi, confidando nella sua agilità. Era bello, con la maglietta completamente bagnata che aderiva al suo petto muscoloso, con le sue gambe che si muovevano con grazia. Di certo tu non saresti arrivato a tanto per un pesce. L'avevi visto raggiungere il piombo, liberarlo dall'incastro e risalire. Ora avrebbe recuperato il pesce con facilità.

Era stato un attimo. Perché l'intera esistenza è composta da attimi, perle di una collana che si susseguono e non tornano più. Il Giuseppe era scivolato; un piede aveva perso la presa su un masso bagnato. Tu avevi avuto un sussulto. La canna ti era scivolata dalle mani, proprio mentre un pesce aveva abboccato anche alla tua esca. Un urlo terribile si era mescolato al vento, ai tuoni, al mare.

Tu eri corso verso di lui, ti eri sporto, lo avevi visto intrappolato tra due massi, con la testa che fuoriusciva appena dall'acqua. Aiuto aiuto aiuto ti urlava addosso, quasi fossi tu a soffocarlo. Attorno a voi non c'era nessuno, solo la striscia bianca della diga che si perdeva nel nero del temporale, quasi fosse una barca in mezzo a una tempesta, quasi che l'intera Isola fosse sparita e voi due foste due naufraghi pronti a morire.

Aiuto, ti gridava il Giuseppe, con una voce che non avevi mai sentito prima. Non riusciva a muoversi: probabilmente aveva una gamba ferita e le braccia incastrate. Gli avevi teso una mano, ma lui non era riuscito a darti la sua. Ti eri messo a pancia in giù, avevi provato ad afferrarlo in tutte le maniere possibili, senza successo. Alcune onde gli passavano sopra, lo attraversavano, quasi che anche lui fosse diventato un masso inerte.

Per un attimo, parve calmarsi. A cadenze regolari, provava a dar fondo a tutte le sue energie per spingere e liberarsi, ma non potendo contare sull'appoggio dei piedi, a ogni onda era costretto a chiudere gli occhi e la bocca, a essere sommerso come una bricola, come un segnale da pesca. Cominciava a boccheggiare, mentre ti guardava con gli occhi della disperazione. In tutti i tuoi sogni, ti appare così, quasi a chiedere il conto delle tue cattiverie, della tua viltà.

Chiama qualcuno, ti aveva detto, chiama qualcuno. Corri, corri. Fai presto che la marea cresce, ti aveva detto. La marea, in effetti, sarebbe presto salita, spinta dal vento, e non c'era molto tempo, lo sapevi benissimo. Eccolo l'inferno che bussa alla porta all'improvviso, senza farsi annunciare, e agisce per mezzo di diavoletti da strapazzo, bassa ma efficacissima manovalanza satanica.

Sotto i nuvoloni neri della tempesta, i bianchi massi della diga brillavano terribilmente; il mare gli si gettava contro trasportando piccoli alberi, barche abbandonate, le grida del Giuseppe, un ribollire impetuoso di canocchie e sogliole, di bulli e capesante.

Eri corso lungo la diga, con davanti ai tuoi occhi il viso stravolto del Giuseppe, con la sua voce nelle orecchie che ancora ti chiedeva di fare presto, di aiutarlo.

Poi il ricordo si annebbia, si fa ovattato, il confine tra il vero e il falso diventa labile, quasi impercettibile. L'inferno, nel ricordo, ha la forma del dubbio. Non saresti vissuto altrimenti.

Lasciata la diga, ti eri diretto verso il villaggio, mentre la pioggia si attenuava leggermente. Avevi il fiato corto. Avevi rallentato. Il ventre ti si muoveva convulsamente. Ti eri seduto su un muretto a guardare il mare ribollire, mangiarsi la battigia, contento di essergli sfuggito. Pensavi alla Marina, alla sua carne giovane che forse, senza il Giuseppe, sarebbe potuta essere ancora tua. O pensavi alle partite perse con lui al biliardo, al suo fisico perfetto, al fatto che tutti ne parlassero bene; oppure allo sconcerto che ci sarebbe stato in paese, a quello che avresti detto ai carabinieri e alla tua famiglia, in chiesa e agli amici del bar Stella. Il Giuseppe non ti era mai piaciuto; ti infastidiva con la sua sola presenza, con la sua faccia da culo. Il Giuseppe ora stava morendo.

Ti eri rialzato dopo circa mezz'ora, o forse dopo un'ora, non sapresti dirlo, e avevi ripreso a camminare stancamente, quasi fossi sotto ipnosi. Stavi uccidendo un uomo e non volevi accorgertene. Per uccidere basta camminare senza scomporsi, questa è la verità. Oppure sedersi a guardare il mare. Anche questo è un modo per uccidere. Senza spargimenti di sangue, senza sporcarsi le mani.

O forse ti sbagli, ricordi male. Avevi fatto di tutto per salvarlo. Ti eri dimostrato un uomo d'onore. Sì, perché davvero avevi tentato di salvare il tuo nemico. Avevi tentato di sollevarlo e poi avevi cercato aiuto, avevi fatto venire tutti gli uomini del villaggio alla diga, ma era comunque troppo tardi. Non era stata colpa tua e dopotutto il Giuseppe era scivolato da solo, mica l'avevi spinto tu; poteva perdere anche lui una volta nella vita. Poteva lasciarlo lì quel piombo, perdere quel pesce, e non sarebbe morto.

Invece, nel profondo, sai di essere arrivato con passo lento a casa tua. Tua madre e tuo padre erano in cucina, insieme ai tuoi fratelli. Ti avevano visto apparire come un fantasma, bagnato, sudato, stravolto, con gli occhi impazziti. Che succede, ti aveva chiesto tua madre, che succede, ti aveva chiesto venendoti incontro. Le avevi detto che eri scappato dalla diga per il temporale, che ti eri rifugiato sotto la tettoia di un orto. Ma eri tutto bagnato e tuo padre ti guardava sospettoso.

Ti eri rintanato in camera tua, ti eri asciugato rapidamente e ti eri addormentato sul letto con la testa sotto il cuscino. Avevi chiuso gli occhi, vinto da una stanchezza che non si può spiegare, mentre con le mani gonfie e tagliuzzate stringevi le lenzuola.

Qualche ora dopo, finito il temporale, il Fausto, un pensionato incuriosito dagli effetti del maltempo, passeggiando sulla diga lucente per il nuovo sole, aveva notato una canna incastrata tra gli scogli. Si era avvicinato e aveva visto il Giuseppe. Era corso, il vecchio Fausto, al bar Stella, urlando della tragedia. Tutti gli uomini si erano alzati di colpo, tra loro c'era anche tuo padre, ed erano corsi verso il mare. No, forse no. Non era andata così. Eri stato tu ad arrivare al bar Stella molto prima e trafelato avevi urlato della tragedia. Eri stato tu a non perdere tempo. Anzi, se non ci fossi stato tu, il corpo del Giuseppe sarebbe andato perduto.

Il mare nel frattempo si era alzato, il forte vento impediva a tutti di avanzare dritti. Quando gli uomini erano arrivati, del Giuseppe si vedeva solo la parte superiore della testa. I capelli, come un fluido nero, come i neri tentacoli di una testa di Medusa, si spargevano nell'acqua galleggiando. I bei capelli del Giuseppe erano materia vegetale, alga senza vita. Anche gli uomini più forti, quelli che avevano visto affondamenti di pescherecci e bombardamenti, non erano riusciti a trattenere le lacrime, mentre il padre e la madre del giovane erano arrivati di corsa, col volto incredulo della disperazione.

Quando tuo padre era rientrato in casa, aveva salito le scale e ti aveva raggiunto in camera. Ti aveva svegliato, tuo padre, e guardato pieno di vergogna. Tu non lo sapevi, ma eri già sepolto dal senso di colpa. Tuo padre aveva trovato sulla spiaggia la tua canna: non eri andato via prima che iniziasse il temporale, vero? No, è impossibile, gli avevi risposto. La canna l'avevi dimenticata nella fretta, perché eri stato tu ad avvertire tutti, eri stato tu a chiedere aiuto al bar Stella. E comunque il Giuseppe se l'era andata a cercare, ripetevi, come si fa a pescare con quel maltempo, scendere dai massi della diga durante una bufera! Era stato un suicidio, in fondo.

Ma se davvero fossi stato tu ad abbandonarlo? Se davvero ti fossi allontanato camminando lentamente verso casa tua senza avvertire nessuno? Se fossi stato proprio tu a spingerlo in acqua? Ad approfittare del momento propizio per liberarti definitivamente di lui?

Da quel giorno, non ci fu sguardo rivolto a te che non fosse segretamente accusatorio, non ci fu parola che non fosse in qualche modo allusiva, non ci fu stretta di mano che non fosse, allo stesso tempo, ammanettamento. E il sospetto che la gente dell'Isola sappia tutta la verità non ti abbandona ancora oggi, sebbene gli unici testimoni della morte del Giuseppe siano stati miti gabbiani e granchi omertosi.

Al passaggio della bara del Giuseppe, non eri riuscito a commuoverti, a sentirti triste. Avresti voluto piangere, e far vedere a tutti il tuo volto rigato di lacrime, ma non ce l'avevi fatta. Avevi provato, invece, una sorta di intimo sollievo, una sensazione calda e schifosa, sempre più intensa. Ti piaceva vedere la Marina disperarsi. Il suo innamorato perfetto non c'era più. Forse anche lei, che se n'era andata dall'Isola qualche mese dopo, sapeva la verità.

Un abisso, da quel momento, ti ha permesso di custodire dentro di te l'odio più puro, l'assoluta complicità col male del ladro e dell'assassino, del truffatore e del violento. La vita è inculare o prenderselo nel culo. E incredibilmente avevi vinto tu; solo così avevi potuto toccare con mano una verità sacrilega e oscena: talvolta l'inferno è vincere.

Ora sei condannato all'Isola, per questo ogni giorno sei pedinato, guardato a vista. Resterai per sempre qui, tra l'odore del salso, tra i cortili abbandonati, circoscritti da reti di materasso arrugginite, tra le calli strette percorse da bici scassate, tra le rive, dove i pesci morenti, abituati a vedere nel fondo del mare, sono pronti a scrutare nelle profondità del tuo animo. Resterai imprigionato nel fetore della Taverna, nell'odore di piscio che sale dal tuo gabinetto quando la marea si alza.

Vagherai in eterno tra il budello di mattoni che è il villaggio e l'Isola intera, ritrovo per meduse spiaggiate, legni strappati, carapaci dispersi, ricetto per uova di uccelli e serpenti. La tua pena è il tuo odio.

Odi gli alberi, le cui radici distruggono le strade, odi l'erba che screpola il cemento; odi le zanzare e le api, i gatti e i muli, le cimici e gli scarafaggi, le pantegane e i gabbiani, e tutte le altre bestie indegne del creato, prima tra tutte l'uomo. E poi odi l'estate che brucia, il vento che distrugge, il gelo, la pioggia, la neve, le stagioni, che oggi non ci sono più, e l'universo intero che poi è soltanto il cesso di dio. E se c'è davvero un dio che ti ha creato a sua immagine e somiglianza, non può che essere un dio cane, un dio ladro, mandante ultimo di ogni miseria e di ogni ingiustizia.

EPILOGO

L'aria è immobile, eccetto per il volo delle mosche e dei gabbiani. Questa mattina non riesci ad aprire la canna da pesca, non riesci a innestare la sardina sull'amo. Abbandoni le tue cose sulla diga e ritorni velocemente al villaggio. C'è una possibilità, ti dici, un'unica possibilità di evasione, una sola occasione per mettere le cose a posto, prima della sommersione definitiva dell'Isola, prima che il mare cresca e il sole si spenga.

Cammini nel freddo e nella nebbia di un inverno che tra poche ore sarà estate. Entri trafelato in casa. Vai in cucina e, senza toglierti il cappotto che ti ha donato il figlio del Fasiolo, prendi l'olio di semi dalla credenza, quello comprato in offerta dai Tedeschi, e lo spargi sul divano dove dormi, poi svuoti una bottiglia di alcol sulle tende. Più nessuno avrebbe avuto quella casa, eretta nell'anno 1963 su progetto di un tale geometra Gervasi, di cui c'è traccia solo sulle carte; non l'avrà tua figlia Simonetta, né tanto meno quel buffonesco personaggio che si è sposata.

Con l'accendino, dai fuoco alle tende, alle coperte, al divano imbevuto d'olio come una spugna. Il fuoco è incerto, sembra diffidente, brilla al contatto con il cesto pieno delle riviste della Cinzia, ma poi s'arresta. Riprende vigore quando arriva alle tende, poi pare sul punto di spegnersi di nuovo. Poi si ravviva, mangiucchiando la credenza, una sedia di paglia, un paio di camicie appese.

Un fumo nero e denso riempie le stanze. Brucia il comò che pare colare grasso come una salsiccia, bruciano le fotografie e i crocefissi, i santini e i centrini, mentre coriandoli neri cominciano a svolazzare fuori dalle finestre aperte, in Calle del Forno, provocando l'immediata reazione della Marzia che, in pigiama, si affaccia quanto basta per capire che non si tratta della solita grigliata.

E si mette a urlare, la Marzia, perché sa che nel tuo cortile c'è una bombola di gas che presto sarebbe esplosa, come prima o poi sarebbero esplosi i novemila metri cubi di GPL del deposito, anche se non a causa tua. Tutti i tuoi vicini escono in strada avvolti da coperte o da asciugamani, mostrando seni prosciugati, pance gonfie, peli bianchi appiccicati alle braccia. Calle del Forno diviene il teatro della transumanza di anime prive di dignità, che si riuniscono sotto il platano morente, mentre qualcuno chiama i pompieri, che sull'Isola sono in due con una Panda.

Esci di casa mentre brucia il volto di sant'Antonio, bolle l'acqua benedetta di Medjugorje e il letto che la Cinzia rifaceva ogni mattina con maniacale precisione si trasforma in una fornace. Non l'avrebbe tinteggiata la tua casa il marito della Simonetta, non ne avrebbe fatto un B&B. Ti volti un momento e vedi il fumo che si alza alle tue spalle, una colonna nera che ammorba l'aria e che speri avvolga l'Isola tutta e poi si espanda verso il mare.

Un'esplosione fa andare in frantumi i vetri delle case vicine. E il fuoco si muove, accelera verso il laboratorio sartoriale dei cinesi, verso la tenda del Milan club, mentre il cortile della Marzia è investito da un tale calore che se ci fosse stata ancora la Gigia, chissà che fine avrebbe fatto. Tutto sommato, le avevi offerto una morte migliore.

L'esplosione della tua bombola di gas sveglia gli undici membri della setta degli Angeli. Ci siamo, dice uno di loro. Non guardano nemmeno fuori dalla finestra. Si stendono sul pavimento di una delle tante stanze vuote della ex Colonia delle canossiane, quella adibita ai loro riti di purificazione e ai canti sacri, e assumono a piene mani barbiturici con la vodka. Pare che il loro guru, un cinquantenne svizzero che nessuno aveva mai visto di persona, in un messaggio avesse rivelato che il momento era giunto da un pezzo e che dunque si doveva procedere con l'abbandono del fardello del corpo, inutile e pesante propaggine dell'anima, per trasferirsi nell'etere o in un pianeta più ospitale, possibilmente più umano, del nostro. I quattro uomini e le sette donne del gruppo si addormentano per sempre nella loro stanzetta con le tapparelle abbassate.

Nel frattempo, raggiungi la riva e salti a bordo della tua piccola barchetta, come per un miracolo concesso alle tue gambe sbilenche e arcuate. Non la usavi da quel giorno in cui sei caduto in acqua, la barchetta, e ora è piena di acqua marcia, verde, maleodorante. Metti in moto il vecchio motore tossicchiante, molli gli ormeggi e ti dirigi piano verso il porto, verso il mare, afferrando il timone con la tua mano tremante. Evadere, sì, evadere. È questa l'unica strada, l'unica per fuggire e mettere le cose a posto, una volta per tutte.

Lasci l'Isola che pare persa tra la nebbia densissima ricomparsa all'improvviso, spezzata solo dal fumo nero che proviene da casa tua, mentre le sirene del porto ululano. La diga scompare pian piano, stesa sulle acque, orizzontale come una barca libera dagli ormeggi. Dal forte non odi colpi di cannone. Le sentinelle non ti hanno avvistato o, forse, l'evasione è sempre stata possibile e tu hai atteso tutti questi anni per niente. Il mare è grigio piombo, metallo fuso sulla cui superficie galleggiano immobili ciuffetti d'alghe, retine di plastica, qualche bottiglia. Una chiazza oleosa ne rende a tratti lucida e multicolore la superficie.

Il mondo ha esattamente i confini della tua barca, è nella barca tutto ciò che esiste. Tutto il resto è un mito, una favola per bambini, una presa in giro per creduloni. Ogni tanto le strutture del porto, le gru, i fanali, le casette per la pesca, compaiono ancora tra la nebbia, epifanie momentanee, punti di riferimento per rotte sconnesse e fallaci, per una navigazione che non può che essere indiziaria.

Il fanale rosso, al termine della diga, il luogo dove hai deflorato la Cinzia, conferma che hai lasciato definitivamente le acque tiepide e sicure della laguna, e che ti stai dirigendo verso l'immensità, mentre goccioline di freddissima condensa si accumulano sul tuo cappotto, sulla barca, sul timone, sugli scalmi, sulle bitte, sul salvagente.

Dopo una vita in mare, al mare devi tornare. Avanzi per circa un'ora, incrociando un enorme mercantile che indifferente attraversa le pieghe dell'Adriatico. Passa un'altra mezz'ora prima che il motore si spenga. La benzina è finita, l'elica è ferma. La barca, silenziosissima, procede ancora un poco per l'abbrivio e poi si arresta del tutto. La nebbia sale. Il silenzio è interrotto solo dallo sbattere dell'acqua sul fianco della barca, dal passaggio di un'invisibile nave lontana.

Emerge vicino a te un enorme pesce luna. È molto più grande di quello che avevi visto la notte in cui l'Agostino era morto. È sgraziato, sembra un canovaccio galleggiante. Brilla alla luce lattiginosa del giorno, e si avvicina alla tua barca. Ti sporgi. Gli sorridi un momento prima che ritorni negli abissi.

Finito di stampare
nel mese di febbraio 2020
presso Print On Web s.r.l.
Via Napoli, 85 – Isola del Liri (FR)
per conto di
Fazi Editore